宁可 著

日月洞

RI
YUE
DONG

中国文史出版社

目录

CONTENTS

大锁和大凤

日月山下，有个日月镇。

日月镇不大，故事却多。

不但源于地理位置，而且源于男男女女。

大锁和大凤就是代表。

此刻，大凤正在大锁的身下。也只有到了大锁的身下，大凤就不是平常的大凤了，不但声音温柔了，身体也绵软了，脸颊更是烫乎乎的，娇柔出满屋子的柔情蜜意。

天已经黑透了，夜色狗皮膏药一样蒙住了眼睛。大锁使劲地睁大眼睛，企图看看此时的大凤是什么样子。挡住大锁目光的，除了夜色，还有永远搭在胸前的被角。大锁当然看不清。只有当夜幕降临，屋子里一团漆黑的时候，大凤才允许大锁的身体和自己身体变成上下结构。而关灯是大凤允许大锁居于自己身上的另一个条件。大凤的条件就是铁律，结婚一年多了，大锁没敢冒犯过。

不敢不等于心里不想，越是不让，心里越想。白昼里的大凤大

1

锁天天面对，夜幕中的大凤大锁却一次也没有看到。大锁自然更喜欢夜幕下的大凤，所以更想看看在夜色中被自己融化的女人的模样。

想了也白想，大锁一直没有越界。

新婚之夜，大锁送走最后一批客人，发现洞房一片漆黑。大锁猴急，直接上了床。几下忙完，很自然地拉开了灯，引来的是大凤的一声尖叫，还有一个多月的不得近身。大锁是镇上说一不二的人物，什么都不在乎，但却在乎大凤光光的肉体。大凤的肉体中有个牢笼，囚禁着大锁的魂魄。

既然看不见，只能用手了。而用手是大凤默认的。只是，大凤的身体在大锁的手下已经像大锁自己的身体一样熟悉了。大锁有时候也纳闷，原来整天把大凤装在眼里的时候，自己最想做的是，让眼中熟悉的大凤变成手中一样熟悉。现在，手里的大凤已经熟悉得不能再熟悉了，大锁却渴望起眼中的大凤了。大锁经常为自己辩解，不是自己贪得无厌，实在是因为穿着衣服的大凤和不穿衣服的大凤传递来的风景不同。

手下的大凤依然是那么光滑、柔软，该凸的凸，该凹的凹，这些，大锁不用手，用自己的身体早就感受到了。但还是，不过瘾啊！

凤儿，我想上厕所。大锁说。

摸黑去。陶醉的大凤总能在这个时候保持清醒。

让我开灯，只看一眼，就一眼。

真想看？大凤的声音色眯眯的。

真想！大锁很急迫。

就一眼？

就一眼。

半眼也不行，大凤的声音突然变得冷冰冰的，看二丫去。

大锁不再说话，默默地从大凤的身上挪了下来，躺在了被子外面。寒气像藏在黑夜里的蚊子，一下一下直往大锁汗津津的肉上咬。大锁却不觉得冷，他觉得寒气比大凤的话暖和得多。

谁还没有个犯错的时候？大锁想。

谁都有犯错的时候，问题是犯错的时候不能让不该知道的人知道。大锁又想，也怪自己太粗心了，偷看二丫洗澡的时候，最不该让大凤知道，但大凤却偏偏不但知道了，而且看到了……思来想去，还是自己不对。大锁揭开裹在大凤身上的被子，又钻了进去。大凤推了几次，见推不开，也就把大锁放了进来。只是，重新钻入被子的大锁不论多么努力，却再也听不到大凤的一星半语。已经发起的冲锋没有了进攻的号角，大锁自然就没有了成就感。大锁又从大凤的身体上挪了下来，这次，躺在一边的大锁没有了任何企图，一动不动，宛如黑夜一般安静。

身体不动，想法却不显山不露水地蠕动起来。不怪我，是你逼的，大锁想，黑夜立即在大锁的眼前变成了一面镜子，镜子里面灯光摇曳，雾气腾腾。二丫的身体半遮半掩地在雾气中凸现。大锁长了二十多年，还是第一次看到一个全裸的少女胴体。那是怎样的一具躯体呢？大锁无法形容，他只知道，自己傻了，傻到没有了呼吸，没有了意识，当然也就忘了隐蔽。大凤就是在那时候站到大锁身后的。直到今天，大锁也不知道大凤究竟在自己身后站了多长时间。

半个多小时。虽然大凤一直这样说，但大锁不相信。以大凤的醋劲和狗怂脾气，在那种情况下，绝对不会具有超过一分钟的肚量。

日月镇上只有一条主街道，是镇里最繁华的地段。大锁的家位于这条繁华道路的黄金位置，不但在最中间，而且坐北朝南，属于寸土寸金的地段。大凤的娘家坐南朝北，和大锁家门对门，同样处于中间地带。地段差不了多少，位置却大不一样。有一句谬之毫厘、差之千里的话，形容两家的位置再合适不过了。大凤家门朝北开，门前鲜见日头，属于阴庄；而大锁家坐北朝南，日浴阳光，是再典型不过的阳庄。风水好了，命就好，连老天爷也保佑，人气就旺。两家共同经营着小镇的特产陈醋，大锁的门店整天人流不绝，而大凤家的顾客却少得可怜。尽管，大凤是日月镇有名的酿醋能手。

大锁的手艺没有大凤好，但大锁雇的帮手却是镇里数一数二的俏人儿。每天还没过早饭时间，二丫就站在了大锁门店的柜台前。而大锁家的门口，已经排了长长的队伍。男的、女的、老的、少的，有的拿着醋瓶，有的什么也没有拿，就站在门口，只为看一眼二丫。

二丫是镇东头二狗的大闺女，母亲早早得病死了，家里只有一个弟弟和父亲，三人相依为命。穷人家的孩子早当家，尤其是女孩子。二丫从小就懂事，家里家外一把手。当然懂事的不只是二丫的心灵手巧，更有二丫的容貌。二丫就像镇东头自己家门口的柳树上垂下来的柳枝，虽然上面蒙了一层细细的尘土，但却说风有风，说雨有雨。即使无风无雨，却也自然而动，纤细飘逸，说不尽的婀娜妩媚。在镇上，有一个惯例，凡是穷人家的孩子自尊心都很强，自尊后面藏着的是个性。二丫自然也是个很倔强的女孩。

日月镇盛产老陈醋，远近闻名。镇上的人家，几乎家家都有醋坊。二丫家也有，但二丫却关了自家的醋坊，主动来到大锁家打工。除了那个众所周知的原因，镇上的人都觉得应该不仅仅这么简单？大凤尤其觉得如此。大凤是个好面子的人，嘴上永远不服输，只是在心里，免不了在二丫的问题上争风吃醋，使强好胜。

　　女人收拾男人，是要有限度的，尤其是自己的男人。既要让男人知道错了，以后不会再犯了，又不能把握不住火候把自己的男人推到别人怀里去。大凤看着被子外大锁黑乎乎的背影，掀开了被子，想得病是不是？大锁从遐想中回过头来，这才感觉到了寒冷。被子里的热气往身上一扑，说不出的温暖和诱惑。大锁顺势一滚，凉凉的身体就贴在了大凤热热的肉身上。大锁只好把二丫从头脑中抹去了。大锁属于那种白天不动、晚上不停的男人，身上有了温度，心里就有了想法，手就又摸到大凤身上去了……

二丫辞工

大锁和大凤是被门外的喊声惊醒的。

大锁睁开眼睛，光线已经在屋子里探头探脑。躺在身边的大凤像往常一样，身上不知什么时候已经套上了内衣，把身子遮得严严实实的。大锁一动，大凤也醒了。两个人都知道出事了。门外的喊声一阵高过一阵，性急的人已经把门板拍得叭叭直响。大锁从被窝里坐了起来，即使在屋子里，早晨的寒气依然像后娘的手，把大锁光光的身子抽得一阵抽搐。大锁穿上衣服来到门外，才发现自己家的大门仍然紧闭着。每天这个时候，门早就开了。大锁在院子里转了一圈，没有看到二丫的人影。二丫不在，大锁只好打开大门，自己动手卖醋了。一瓶醋没打完，刚才还熙熙攘攘的门口立时安静了。大锁抬头一看，门口只剩下老头老太太了。做生意，讲的就是人气，人都走了一大半了，大锁知道肯定发生什么事了。

不到一个小时，大锁就把顾客全部打发完了。平时二丫在的时

6

候，没有两三个小时根本忙不完。大凤已经去上班了，院子里只剩下大锁一个人。大锁很不习惯空荡荡的院子。其实，平常院子里也就他和二丫两个人，二丫不在，好像全都空了。大锁洗漱完毕，在院子里转了几圈，实在忍受不了寂寞，就锁了门，往镇东头二丫家去了。

日月镇就一条路，由东而西，一眼望穿。路的最东头是整个日月镇的东大门，却是镇上最穷的地方。日月镇是个古镇，每月都有集会，每逢集会的时候，几乎家家户户都有生意可做，只有路东头例外。不是不想做，而是没有做生意的本钱。这里住着的人家每逢集会，就到镇中心人家的商铺里去帮工，挣几个辛苦钱维持家用。日月镇上有一首儿歌：日月镇，两重天。东边穷来西边富，东边风来西边肉。说的就是住在东边的人家看着别人吃肉，连喝汤的份儿都没有，只能喝西北风。而东边，尤以住在柳树下的人家为最甚。那棵大柳树，就长在二丫家门口。

秋天没打招呼，就急匆匆地走了。越往东，人越少，街上的风就愈加肆无忌惮。大锁一边看着在前面飘舞的柳枝，一边缩起了脖子。街道两边逐渐变得冷清、萧瑟，街道显得宽阔了许多，家家户户都紧关大门，慢慢地，街上除了那还在寒风中乱舞的柳枝，连个人影也没有了。大锁走着走着，回头看了身后远远的人流一眼，随口骂了一句，他娘的，这还是一个镇子吗？

到了二丫家，大锁才知道没法进门，只能站在门前的柳树下。树枝上还有残留的柳叶，随着柳枝抽在大锁的脸上。大锁觉得仿佛鞭抽刀割似的难受，而从窄窄的走道里传出来二丫的哭声和二狗的怒吼声更像两条绳索，牢牢地捆住了大锁的脚步。

说了多少次了，咋没皮没脸了？不许去。二狗的声音气急败坏。

二丫的声音抽抽搭搭的，爹，我也跟你说了多少次了，我们不能做那种忘恩负义的人啊。

怎么忘恩负义了，你已经报了几年恩了，该为自己想想了。总不能不明不白地这样一辈子吧？

大锁哥没有白让咱干，这几年吃的穿的，哪样不是大锁哥给的。

你不嫁人了？二狗的声音因生气而变得尖厉，就像门外的风声一样。大锁甚至能看到一定有唾沫连成的丝挂在他的嘴边，二十好几的大丫头整天待在别人家算怎么回事？你没听镇上的人怎么说你吗？我都臊得慌，每次把脸装在裤裆里才敢出门。

二狗的话像鞭子，狠狠地抽在了大锁的脸上。这个问题他不是不知道，只是不敢面对。二丫走了，刚刚兴盛了几年的醋坊怎么办？二丫走了，空落落的院子谁来打理？二丫不在了，就像今天，满院子的寂寞怎么打发？大锁觉得不能进门了，他回头慢慢地踏上了这条从小就和大凤、二丫、三美跑了多少次的街道，那上面不知道留下了他们多少的欢笑和泪水。渐渐地，眼前长长的路面在大锁的眼里幻化成了一面镜子，他看到自己和大凤、二丫、三美光着脚丫在上面疯跑。刚开始的时候几个人齐头并进，跑着跑着，三美不见了；跑着跑着，二丫也抛下了他和大凤，兀自跑到前面去了……

是手机铃声把大锁从恍惚中扯回来的，电话是大凤打来的。每天这个时候，大凤都在镇上的机械厂上班，这个时候回来，肯定有事。大锁没有接电话，加紧了脚步，他知道大凤一定在家里等着他。

去哪儿了？大凤满脸埋怨，电话也不接。

二丫走了。大锁看着大凤，以后再也不来了。

我就是为这事回来的。大凤火烧火燎的，厂里都传遍了，我是最后一个知道的。这个该死的二丫。

二丫不在了，生意做下去也不会有起色了。两个人脸上都有些凝重，默默地进了门，站在空旷的院子里，你看看我，我看看你，一时间两个人都不知道说什么好。

去二丫家了？大凤沉默了一会儿，问道。

大锁点了点头。

能挽回不？

大锁摇了摇头。

你他妈不会说话啊。大凤是镇里机械厂的采购员，骂人的词语和镇上的人不一样，我就知道，这个狐狸精一点儿情义也没有。

大锁抬起头，看着大凤，不是二丫的事，二狗叔不让来了。

到了现在还护着这个狐狸精。大凤的无名火直往头顶上蹿。

大锁纳闷了，在对待二丫的态度上，原来大凤可不是这样的。上学的时候，三个人关系最好了，尤其是她和二丫，那就更不用说了。二丫家里困难，到了冬天的时候，脖子上的围巾、身上的羽绒服，脚下的棉鞋都是大凤给的。虽说都是大凤穿过的，但总比没有强啊。就连大锁和她的婚事，也是二丫跑前跑后张罗的。平时大凤和大锁开玩笑的时候，也一口一个狐狸精地叫着，不像今天，口气里带着仇恨，好像和二丫是不共戴天的仇人。

按照以往的经验，大凤发火的时候，大锁只要不说话，很快就过去了。今天却不同，大凤好像故意给大锁找碴，说话啊，你不吭气就完了？告诉你，今天这事没完，你去把这个狐狸精给我叫过来，她说不干就不干了，还由得她了。

大锁没理大凤，点燃了一支烟，刚抽了一口，就被大凤抓了过去，狠狠地扔在了地上，一边用脚踩，一边挑衅地冲着大锁喊道，让你装聋作哑，让你抽。大锁看了大凤一眼，发现大凤的眼里充满了血，而他，在大凤的眼里，就如刚刚踩在脚下的烟屁。

大锁知道大凤脾气不好，从上小学的时候，大锁就让着大凤。但大锁毕竟是男人，是男人就有血性。大锁的眼睛鼓了起来，你发什么神经，二丫怎么你了？

她要嫁人了。大凤的声音突然带着哭腔。

嫁人？大锁愣了一下，还是说道，即使要嫁人，我们也不能这样糟践她，她和我们同岁，我们都结婚一年了，她不应该嫁人吗？

你知道她嫁给谁吗？她竟然要嫁给我们姚厂长。大凤的声音怪怪的，说不出是喜还是悲，整天看着不吭不哈，一副与世无争的样子，原来也是一个吃人的狠货。

难怪几次看到姚栓牢的车停在大柳树下，原来在打二丫的主意。姚栓牢的面目渐渐在大锁的脑子中清晰起来，那可是日月镇最有钱的主，如果说大锁是镇上说一不二的人物，那他就是镇上说一就是一的厉害角色。自从老婆得病死后，姚栓牢的身边就没有断过女人，好多女人为他争风吃醋，他永远是日月镇人们茶前饭后的谈资：老人们一提起就赞不绝口，同龄人一想到就心生嫉妒，小孩子一见到就引为榜样。他是日月镇上真正的大众情人。

问题是，二丫怎么会看上他呢？

大凤已经从刚才的愤懑中平静下来，她不再说话，默默地进了房间。大锁跟进去的时候，看见大凤躺在了床上，用被子蒙住了头，连高帮的皮靴也没有脱。

姚栓牢盯上了二丫

最近太累了，不光是身体，脑子也好像不够用了。躺在干燥松软的床上，姚栓牢伸了伸懒腰，点燃一支烟，狠狠地吸了一口，然后双唇凸起紧缩成一个圆圈，腮帮子一鼓劲，满口的烟雾变成一道直直的烟柱，在正骑在自己肚子上按摩的小姑娘的脸上撞得七零八落。看着小姑娘白净的脸庞瞬间变得通红，一直咳嗽出眼泪时，姚栓牢才露出了笑脸，真正开怀大笑起来，香不香？小姑娘流着眼泪点了点头。要不怎么叫香烟呢，姚栓牢说着，又一口烟雾喷了出去。烟雾虽然没有筋骨，却愣让姚栓牢的嘴给鼓捣出了硬度，那烟雾就像一根棍子，直直地捅向小姑娘，活生生地把她从自己的肚子上戳到了床下。

小姑娘看样子不到二十岁，只穿了一件薄薄的白色连衣裙，上不遮胸，下不护膝，摔下来的时候正好膝盖抵在了地板上。虽然地板上铺着劣质但看起来毛茸茸的地毯，膝盖还是很快发青了。小姑娘坐在地板上，双手捂着膝盖，眼泪哗哗地流了出来。好像怕被人听到，她无声而哭，肩头不停地抖动，以致整个身体哆嗦成了一团。

几乎在小姑娘从床上摔下去的同时，姚栓牢闭上了眼睛。这一段时间，他太累了，累得筋骨都快散了。趁着这个机会，姚栓牢想好好睡一觉，把这几天耗出去的力气补回来。闭上了眼睛，才发现，人就是个下贱玩意儿，想睡的时候，没时间睡；现在有时间了，却睡不着。那些长期蛰伏在脑海里的事情，正好找到机会，趁机跑了出来——

姚栓牢所有的机械厂，前身是个农机配件厂，日子过得很艰难。姚栓牢至今认为，也正因为艰难，自己才有了机会，当上了农机厂的厂长。那些年，自己没少吃苦。直到国家推行汽车下乡的时候，给了农机厂这样的企业很多优惠政策。靠着政府支持，更靠着自己带领全厂职工没白没黑地苦干，农机厂咸鱼翻身，赚得盆满钵满，成了县里第一利税大户。姚栓牢认为老天很公平，机会只给了像他这样有准备的人，没有浪费他的才华。是他，让堆在厂子里的一大堆破铜烂铁找到了自己的尊严和价值。以前的日月镇，最红火的不是和金属材料打交道的农机厂、农具厂、压面机厂，而是坐落在镇西头的方便面厂。每年县里表彰奖励的时候，站在领奖台上的，永远是那个不知从南方哪个小镇逃荒过来、连话也说不清楚的老赖。赖老板的名字姚栓牢一直记不住，也没想记住，姚栓牢一直称他老赖。老赖也不是说不清楚话，只是姚栓牢听不清楚。姚栓牢把老赖说的话称为"鸟语"。每次看着老赖在主席台上从县长手里接过奖牌，说着谁也听不明白的鸟语合不拢嘴的样子，姚栓牢就在台下暗暗运气：我就不相信，钢铁卖不过你这个破面粉？

国家政策部门似乎体悟到了姚栓牢们的心声，一下子加大了对农用机械的扶持力度，凡是购买农用机械的用户，免收了好几种费用。地方政府响应国家号召，又给了生产企业好多奖励政策，诸如每生产一辆农用车，政府从财政里面直接奖励五千元。政策刺激得供需双方都有了实惠，农用车的销量一下子火爆起来，姚栓牢的农机厂水涨船高，不但盘活了长期积压的原材料，而且库存产品得以消化，全部变成了商品。更重要的是，市场一直呈现着持币待购的盛况。姚栓牢敏锐地意识到自己的机遇到了，他大刀阔斧地率先在厂里推行计件工资制，安排工人们两班倒，设备二十四小时连轴转。即使如此，产品仍然供不应求。有一次姚栓牢喝过酒、在麻将桌上摸了"炸弹"之后，抑制不住兴奋地说，人啊，得信命，命里有，睡觉都能拣着大元宝。别说我现在醒着，就是我在睡梦中，那钞票也是哗哗地往口袋里流，挡都挡不住。也难怪姚栓牢感慨，没有几年工夫，姚栓牢就把那个说着鸟语的老赖从主席台上挤了下去，成为县里的获奖专业户。那时候，日月镇上还没有"首富"的概念，姚栓牢这样的人被称为老板。政府宠着，全县人供着，姚老板从此过上了"喝酒基本靠请、抽烟基本靠送、工资基本不动、老婆基本不用"的生活，"家里有个做饭的，办公室有个好看的，身边有个犯贱的，远方有个想念的"。这些社会上流传的诙谐语姚老板觉得说的就是自己。这样的日子很让姚栓牢满意，姚栓牢一想起这样的日子就很佩服自己，有时候做梦都会笑醒。

　　重新把二丫列为目标是近期才有的想法。

　　那天，姚栓牢和大凤一起招待客户，因为又谈定一个大单，一高兴就喝多了。眼睛睁开的时候，姚栓牢发现自己已经躺在了床上，他迷惑地四周看看，既不是酒店的床，酒店的床都是一个颜色：白色。而这张床上的被子是花布的，就连床单也花花绿绿的；也不是自己家的床，自己家的床比这个要大多了。屋子里除了他，还有坐在床头的大凤。大凤拿着一条热毛巾，很认真、很仔细地擦着他的脸。姚栓牢只能把疑惑的目光投向了大凤。

在厂里，姚栓牢不怒而威，全厂人都怕他，更怕他的眼睛。他不说话，眼睛看着你不动的时候，就是在考你问题。现在，他躺在床上，拨开大凤拿毛巾的手，不说话，面无表情，一动不动地看着大凤。大凤是个直性子，是厂里唯一不按姚栓牢脸色出牌的人，看你，为了钱不要命了。喝成什么样子了？身体垮了，再多的钱又有什么用？这样的话大凤不止一次在他的耳边唠叨了，姚栓牢都听烦了。

这是什么地方？面对大凤这样的女人，姚栓牢只好把问题用嘴说出来。

睡着舒服吧？大凤笑嘻嘻地说，我家里。

你家里？姚栓牢从床上蹦了起来，四周看了看，压低声音说，你色胆包天啊，怎么把我带到你家来了？

怕了，你也有怕的时候？大凤撇了撇嘴，放心吧，大锁这几天去进原料了，不在家。

那也不行，姚栓牢脑子飞快地盘算了一遍，他知道，大凤一直很崇拜自己。男女之间，一崇拜就容易出事。大凤虽然行为做派不像一个女人，但长相却女人味十足。这么多年了，大凤一直在给自己明送秋波，他之所以把这块鲜肉一直留在嘴边而不下咽，实在是因为大凤的男人大锁。从小在日月镇上混，什么样的二毬、愣怂姚栓牢没见过，尤其混到了今天，他怕谁？他怕过谁？但日月镇上的生存法则是：二的怕愣的，愣的怕不要命的。而大锁，就是镇上那个急起来不要命的二愣货。把这个二愣货惹急了，肯定吃不了得兜着走。想到这儿，姚栓牢翻身跃下了床，拉开门冲了出去。

二丫就是在这时候进入他的眼帘的。

二丫身穿一件红色的羽绒服，把白皙的脸庞映衬得红扑扑的。腿上绷着一条洗得发白的牛仔裤，使得虽然不高的身体显得很修长。头发扎成一个羊尾辫，在脑后茫然地左右摇摆，一看就是个未经污染的天然绿色环保无公害的尤物。这些年忙着赚钱，竟然把这么一个天然去雕琢的二丫给忽略了。二丫就像镇东头的柳树一样，虽然整天蒙着一层土，但只要洗去灰尘，就一定会摇曳生姿。还是在二丫上初中的时候，整天无所事事的姚栓牢和郭一凡等几个朋友闲得难受，便坐在路边学抽烟、看女人、吹口哨。烟是一学就会，能从鼻孔同时喷出两根烟棒，也会从口中吐出一个又一个烟圈；女人却是越看越不满足于只发出一两声口哨。大凤、二丫、三美从放学路上走过来的时候，从穿着论，二丫最不起眼了，但姚栓牢愣是透过表面看到了二丫这块璞玉。姚栓牢是个很有心计的人，他不动声色地开始跟踪二丫。多少次了，他尾随在二丫身后，即使二丫发现了他也不怕。他知道，二丫家里除了躺在床上的母亲，胆小却又爱贪小便宜的父亲外，就只有一个年幼的弟弟。他不止一次看到二丫已经发育的身体像只惊恐的小羊羔一样地在自己的面前飞跑。那时候，姚栓牢就像一匹尾随的狼，他觉得二丫早晚是自己的猎物。有一天傍晚，他终于把二丫堵在了镇外的土崖边，就在二丫无处可躲、哆嗦成一团的时候，身后猝不及防飞起的一脚使他一头从崖头上栽了下去。所幸土崖不高，他醒来的时候已经在医院里。日月镇上没有秘密，他很快就知道他是被大锁、那个比自己小几岁个头却和自己一般高的二毬踹下去的。他也知道，幸亏大凤喊来了郭一凡，他才被及时送到了医院。虽然他不敢把大锁怎么样，做到有仇必报，但他却做到了知恩图报。成了农机厂的当家人以后，高中毕业的大凤一出校门，就被他直接接进了厂门，在当时，这是传遍了日月镇的一则轶事，不知灼红了多少日月镇男女青年的眼睛。只是，好多年过去了，他竟然把二丫给"忘"了。

二丫看见他，低了低头，匆匆走了。姚栓牢却傻了，久远的记忆一股脑儿涌了出来，这么多年，他出入红尘，看惯了各种各样逢场作戏的女人，如果说，家里需要个看家镇宅的，舍二丫其谁？！

姚栓牢很快意识到不能在大锁的院子里久待，他不顾身后大凤的喊声，急冲冲地走了出去。姚栓牢是个说干就干的人，他想到的事，哪怕是瞬间的一个念头，也要马上付诸行动。从大锁家一出来，他就想到了一个人，这个人是他的高中同学，现在镇上小学当政治老师的郭一凡。这么多年来，他能一步步走到今天，拥有诸多的社会地位，郭一凡功不可没。姚栓牢遇到大事习惯找郭一凡商量，二丫的事肯定是一件大过天的事。如果这件事成了，那无疑给他的人生又添上了浓墨重彩的一笔。他知道这个时候，郭一凡正在上课，他有郭一凡宿舍的钥匙。打开郭一凡的门，躺在郭一凡的床上点燃了一支烟的姚栓牢开始筹划如何让郭一凡去二丫家提亲了……

姚栓牢睁开眼睛，屋子里的光线很暗，而那个小姑娘没有职业道德似的还蹲在床下嘤嘤哭泣，姚栓牢不耐烦地说，装什么装，差不多行了。他从床头柜上的手包里拿出五百元钱，扔在了小姑娘的身上，赶快按，按到我睡着了就出去。看着小姑娘擦干了眼泪，拿起钱塞进自己的胸罩里，破涕为笑地又骑在了自己的身上，姚栓牢闭上眼睛说，出去的时候把门给我关好。

郭一凡小试身手

　　还是在上小学的时候，有一次语文老师出了一道作文题：我的理想。有想当老师的，有想当飞行员的，更多的同学都想当解放军，只有郭一凡的理想不但同学们想不到，就连老师也没有想到：长大后当一个政治家。老师的眼睛鼓得圆圆的，先问全班同学，你们知道政治家是干什么的吗？不管男生女生，教室里全是一双双瞪圆了而又茫然的眼睛。老师又问郭一凡，你知道政治家是干什么的吗？郭一凡说，政治家就是想着法子收拾别人，又不被别人收拾的人。老师又问，你听谁说的？郭一凡说，历史书上说的。语文老师是个近视眼，戴着一副黑框眼镜，他先用手里的课本把滑下来的眼镜往上推了推，然后把书本扔到课桌上，看着郭一凡感慨地说，你回去问问你爸，为什么给你起名叫郭一凡，你叫郭不凡算了。

　　不管语文老师当时是有心，还是无意，郭一凡认为，这句话严重地挫伤了自己的自尊心。话里话外，语文老师都透着对自己的不屑和嘲讽，而且这种感觉随着年龄的增长越来越强烈。

现在，郭一凡已经过了而立之年。三十多岁的郭一凡不但没有成为政治家，甚至连镇小的教导主任也没有当上，更别说校长了。在郭一凡的职业生涯规划中，依他目前的条件和所处的环境，校长是离理想最近的一个位置。郭一凡从小就是个机敏的孩子，这样的孩子认准了一件事，即使放弃了，也只是表面上的放弃，而在心中，就没有给"放弃"这个词留一丁点儿位置。

郭一凡有时候也想，理想和现实是最嘲弄人的，让人下不来台。当时立志要当一个政治家的自己最终成了一名小学老师，而把自己的理想定位为老师的姚栓牢二十年后却成了一个企业家。从小到大，郭一凡和姚栓牢的关系就非同一般。郭一凡很庆幸，在两小无猜的年纪无意之间和姚栓牢成了无话不谈的朋友。因为只有他自己清楚，小时候无意建立的关系是他在长大以后有意维持而来的。否则，像姚栓牢这样眼睛长在头顶的得志小人能入了他的眼睛！前面说过，郭一凡不是个轻言放弃的人，直到今天，三十多岁的郭一凡仍然没有放弃儿时的理想。只不过他觉得，现在要实现自己的理想，必须要借力、搭桥——郭一凡认为，自命不凡的姚栓牢就是那个堪做桥梁的人。

所以，当姚栓牢色眯眯地向他表达了欲娶二丫为妻的想法后，郭一凡趁着低头点烟的空隙在头脑中飞速地盘算了一遍，马上觉得自己的机会到了。他不动声色地慢慢地抽着烟，一副苦思冥想的样子。

姚栓牢见他不说话，心先凉了一半，我知道这个事不好办，我比她年龄大多了。

郭一凡看着姚栓牢，仅仅是年龄问题吗？

姚栓牢脸红了一下，你也知道，二丫上初中的时候我打扰过她。

郭一凡又问，仅仅是打扰吗？

姚栓牢吐出了一口烟，我是对她下过手，但只背了个名，实际上不但没有得手，还被大锁这个二愣子踢下了崖。要不是你和大凤把我送到医院，就没有今天的姚栓牢了。

二丫是啥意思？郭一凡深谙谈事须掌握火候，要懂得适可而止。

二丫肯定不愿意，姚栓牢说，我琢磨这个事得从二狗身上下手，二狗胆小，但耳根子软，爱占小便宜。

郭一凡轻轻地摇了摇头，我估计这个事小便宜打发不了。

姚栓牢拍了胸脯，只要能办成，什么条件我都答应。

有你这句话，我尽全力，一定让你抱得美人归，郭一凡点了点头，说道，校长交给我一个紧急任务，等我处理完了，马上着手办你的事。

多长时间？姚栓牢眼巴巴的。

快则一月，慢则两月。郭一凡把烟头往砖地上一扔，我抓紧。

校长家出事了？就是他爸死了埋人也要不了这么长时间。姚栓牢急了。

郭一凡面带不满地看着姚栓牢，没有说话。

到底什么事？姚栓牢脸上也有了不满。

对你来说是小事，但对学校来说，是大事，郭一凡很认真地说，五年级的课桌坏了，两个月后，教育系统要大检查，校长让我在检查之前把课桌找人修好，不能影响了学校形象。

姚栓牢不屑地说，我当什么屁事呢，你要把这事给我办成了，我赞助你们学校一套新课桌。

郭一凡定定地看着姚栓牢，猛地一巴掌拍在了大腿上，我怎么没想到呢？你是本地企业家，给镇上学校赞助是名利双收、不吃亏啊。不等姚栓牢开口，郭一凡接着说，你的事包在我的身上，不管多难，我都保证把二丫骗上你的床。

姚栓牢闻声站了起来，从包里拿出一沓钞票，往床上一扔，一边往外走一边说，我等你的好消息。

郭一凡变了脸，又来这一套，把你的钱拿走。

给你买烟抽。姚栓牢的话从门外传了进来。

郭一凡知道姚栓牢已经走远了，他坐着没动，甚至连屁股也没有抬一下。他又点燃了一支烟，狠狠地吸了几口，然后打了一盆冷水，擦了擦脸，感觉神清气爽了，来到了校长办公室门口。冷风打着旋儿在校园里刮着，大白天除了教室里传出的朗读声，连个鬼影都没有，这就让郭一凡的敲门声显得很笃定。

校长好像站在门后，专门等他似的，郭一凡轻轻地刚敲了一下，校长的声音就传了出来，进来。不等郭一凡说话，校长就问，有事？郭一凡知道什么时候该笑，从进门的时候，他的脸上就堆满了笑，这时候就更笑得小心而灿烂了，校长，上次给您承诺的事，虽然费了很大的劲儿，但总算办成了。什么事？校长很疑惑。郭一凡的心里有些遗憾，他的担心看来不是没有缘由，校长真的是跟自己开玩笑。但郭一凡没有表现出来，郭一凡不是个轻易放弃的人，他看着校长，继续笑着，就是五年级课桌的事。校长想了想，恍然大悟地说，你找到维修的人了？你知道的，咱们学校穷，老师的工资都拖了两个月了，咱们可没钱付修理费。校长只有四十多岁，离退休还有很多年，但头顶的头发却已经提前退休了，剩下的一少部分也已经花白了，额头上爬满了沟壑，除了眼睛里还有一些亮光，脸色黄中带黑，整个人看起来，活像镇外农民地头长着的一丛杂草。郭一凡极力把怜悯的意思藏在皮下，很诚恳地说，我找了一个赞助，一分钱不花，把五年级的课桌全部换成新的。校长不信，有这好事，咱们镇上除了大锁，还有谁有这善德？姚栓牢！郭一凡一动不动地盯着校长。姚栓牢？姚大老板！校长认真地看着郭一凡，见他不像开玩笑，脸上立时堆满了和郭一凡进门时一模一样的笑容，姚大老板愿意出手相助，天啊，你真把这事办成了，虽说当时是开玩笑，但我说话算数，只要新课桌一进教室，我到局里豁出老命也要让你当上副校长。郭一凡内心一阵狂喜，话说到这个程度，郭一凡觉得没有必要掩饰了，校长，只要您没问题，我就不会有问题。

出了校长办公室，郭一凡被旗开得胜的心情鼓舞着，脚步轻盈地进了自己屋，心脏突突地跳，坐也不是，躺也不行。郭一凡想，干脆乘胜追击，把两件事都办了。反正今天也没有自己的课了，二狗已经求了自己好几次了，正好可以给二狗回话了。如果现在还评选贫农的话，那么，在日月镇，谁也没有二狗有资格。很多年前，二狗家也穷，但不是最穷的。一切都是从二狗老婆得了一种怪病开始的，在对待老婆的问题上，胆小怕事的二狗做得还像一个男人。二狗把能想的办法都想了，比如借遍了所有亲戚，求遍了整个镇上认识的人，二狗甚至把不能想的办法也想了，比如卖女救妻。虽说后来是大锁倾其所有，拿出所有的家当先是给二狗老婆治病，但二狗老婆直到死也不知道得了什么病，后来大锁又帮二狗安葬了老婆。家里的穷根就这样落下了，好多年过去了，二狗出门的时候就没有看见过门口柳梢上的柳叶。郭一凡有一次去镇东散步，镇上的人一般都到镇西散步，镇西有医院、学校，还有工厂，像座城市，看着眼睛舒服。郭一凡也是。但那天不知道为什么，郭一凡在镇西走了一圈，突然想去镇东感受一下荒凉，就慢慢悠悠踱了过去，于是就遇见了头快要垂到地上、脖子和身体弯成了直角的二狗。二狗知道对面来了人，但不知道对面竟然是教书先生。二狗耷拉着脑袋，继续往前走，两个人错身而过时，郭一凡怜悯地说了一声，一辈子就这样了？二狗偏了偏脑袋，斜着眼睛看了一眼，才发现和他说话的竟然是平时自己想说也说不上话的人。立马，二狗的手脚就不知道放哪儿了，半天嘴里才嗫嚅出一句，没有办法啊，先生能教我咋办吗？……

　　郭一凡一边想着上次和二狗见面的情景，一边进了二狗家的门。郭一凡还是第一次走进这个同样居于日月镇的院子，他也知道二狗家穷，但还是没想到穷到了这个份上。家里空荡荡的，除了一间低矮的屋子，什么也没有，院子里连一棵树也没有，郭一凡止不住在心底感慨了一句，如今的日月镇日新月异，寸土寸金，真是可惜了这块地了。郭一凡身高一米八，看那屋门，最高也没有一米七，况且里面黑乎乎的，郭一凡只能站在院子里咳嗽了一声，二狗闻声跑了出来。见是郭老师，二狗揉了揉眼睛，看了一下，又揉了揉眼睛。

　　郭一凡说，别揉了，是我。你的好事来了。

二狗连说，先生屋里坐。

不了，我是挤时间出来的，在身高只有一米六的二狗面前，郭一凡只能低着头说话，三顺子的工作有着落了。

三顺子是二狗唯一的儿子，也是二狗的命根子。真的?二狗膝盖一弯，跪在了土地上，先生，大恩人啊。

郭一凡吓了一跳，连忙摆手说，站起来，你站起来，你这样我就走了。看着二狗重新站在了自己面前，郭一凡突然感觉到，在自己面前，二狗站着和跪着其实是一样的。郭一凡笑了，笑得很神秘，知道去谁那儿上班吗？姚大钱袋子的机械厂啊。

二狗一怔，然后拼命地点着头，一边点头一边说，大企业啊，大善人啊，三顺子好福气啊。

郭一凡不知道二狗嘴里的大善人到底是说他，还是说姚栓牢，不管说谁，都不重要。重要的是，二狗对姚栓牢并不反感，二丫以前的事他好像全都忘了。看来人穷有时候并不是坏事，起码可以让人志短，这个认识让郭一凡长长地舒了一口气，直到这时候，郭一凡才对自己筹划的一系列事情有了底气和把握。

还有一件大好事也有着落了，郭一凡拿出一支烟，递给了二狗。

二狗连连摇手道，早就戒了，哪还有钱抽烟啊。

郭一凡将烟叼在了自己嘴上，慢慢地点燃，看着二狗眼珠子一动不动地盯着自己的嘴巴，郭一凡反而不着急了，他用劲地吸了一口，又把从嘴边露出来的烟雾吸进鼻子里，才一点儿也不浪费地说，二丫的事也有眉目了。

二狗恨不能从郭一凡的嘴里掏出话来，谁？哪一户人家？

姚大钱袋子。郭一凡盯定了二狗的反应。

啥？二狗的眼睛瞪得溜圆，先生再说一遍。

千真万确，是姚栓牢。郭一凡吐出了一口烟。

姚……大老板不嫌弃二丫？

刚开始是有些犹豫，你也知道，现在围在姚大钱袋子身边什么样的女人没有？光是他厂里的技校生、大学生就一大堆，后来听了我的分析，二丫是咱们镇上的，是自己人，知根知底的，外面那些花枝招展的女人谁能保证不是冲着他的钱去的。姚厂长终于下了决心，就是不知道二狗叔是什么意见？

二狗急忙表态，打着灯笼也难找的好事啊，我没意见，只怕二丫不好办。

郭一凡知道这样的事急不得，就装出一副很忙的样子，我还有事，先不说了。对你们一家来说，这是大事，你们好好掂量一下，对了，还有三顺子的事。

二狗人穷，但不傻，他听出来了，二丫的事如果不定下来，三顺子的事只能是白天做的一个梦，放的一个屁，这样难得的机会如果错过了，也许一辈子就没有机会了，二丫无所谓，早晚是别人家的人，三顺子可就毁了。想到这里，二狗抢先一步，急赤白脸地堵在了郭一凡的前面。

郭一凡问，想好了，你能做主？

没嘛哒。二狗双手拍着胸脯说，只要三顺子的事没嘛哒，二丫的事就不会有嘛哒。

二狗发火了

　　黑夜像墨汁，把屋里屋外泼得漆黑一团，二狗和三顺子坐在屋子里，屋子里没有开灯，二狗看不见三顺子，三顺子也看不见二狗。

　　爹，把灯打开吧。三顺子说。

　　你又不看书，开灯烧钱啊？二狗训斥道。

　　那我去厨房给我姐帮帮忙，我饿了。

　　不许去，你坐着，和爹一起等。

　　三顺子不再说话，二狗也不再说话，两个人透过门上布帘的缝隙，把目光投向了厨房。厨房的门开着，能看见二丫忙碌的身影。头顶的电灯泡发出暗黄色的光，厨房里面的光线有些模糊，二丫在里面却轻车熟路。尽管头顶的灯泡只有十五瓦，发着昏黄的光，但比没有强多了，在自家的厨房里，二丫似乎不太依赖光亮，厨房里的锅碗瓢盆以及油盐酱醋，不管放在哪里，都好像放在了她的手边。需要什么，左边还是右边，一伸手就拿到了。方位虽然准确，动作却有些迟缓，平时，她早就把饭做好了，今天，她尽量拖延着时间，弟弟已经长大了，她不知道爹是怎样对三顺子说的，她更不知道一会儿如何面对相依为命的父亲和弟弟。

嫁给姚栓牢，是爹给她出的难题。虽然上学的时候，自己一直是班里解难题的高手，但这道题她却不知道如何解。自从母亲去世，全家的希望都寄托在了弟弟身上，尽管弟弟学习不好，但因为是男孩子，只能让门门功课考第一的自己回家。为了把这个家撑下去，爹天天去菜市场旁的大坡前拉纤。坡有五百米长，贩菜的送菜的蹬三轮的小商小贩到了坡前，常常束手无策，就需要人帮忙。二狗是无意中发现这个活路的，老婆死后，他天天睡不着，他知道自己的苦日子开始了，即使他从来就没有过过好日子。到菜市场去，他是准备拣点菜叶子下饭的。正好碰见一个蹬三轮车的菜贩子，腰弯成了弓形，吭哧吭哧地用着力。二狗无意之中搭了把力，帮着推了上去，菜贩子千恩万谢的，临走的时候给了二狗五元钱。这件事给了二狗很多启示。二狗话少，却是个爱动脑筋的人，他有意识地又帮了几回，每个人都或多或少地给了钱，一元两元的不等，一天下来竟然有几十块钱。二狗就把自己家里唯一的运输工具架子车的拉绳取了下来，上面绑了一个铁钩，每天天不亮就站在坡前，明码标价，晴天五元，雨天六元，雪天七元。没想到很受欢迎。只不过好景不长，过了只有一个多月，二狗只拉了一些五六元的活儿，还没有到拉七元的季节，坡前突然出现了很多和他一模一样的人。人多了，价就下来了，现在，早已经变成不管晴天雨天还是雪天，一次一元，就这，动作慢了还抢不到。钱没有挣多少，爹的腰杆子就像原来赶马车时握在手里的鞭杆梢一样，变得软塌塌弯溜溜了。二丫明白，爹的腰杆是被穷日子压弯的。

所以，当爹提出来要他嫁给姚栓牢的时候，她既在心里埋怨爹老糊涂了，却又理解爹的苦心，只是她不知道如何向大锁交代？当年，要不是大锁，她早就被姚栓牢糟蹋了。看着爹祈求的目光，还有那弯下去再也直不起来的腰杆，以及整天无所事事的弟弟，二丫只能在背地里流泪。看今晚的光景，爹肯定已经告诉了弟弟，如果她不同意，二丫不知道这个家里还有没有她待的地方？看着黑乎乎的院子里那个黑乎乎的屋门，二丫知道爹一定在里面看着她，等待着她的答案。

躲肯定躲不过去，二丫把饭菜放在一个木盘里，端着进了屋子。屋子里仍然没有开灯，黑灯吃饭是他们家的习惯。幸好有这个习惯，否则二丫真不知道如何面对爹和三顺子的眼睛。饭菜很简单，除了几个凉拌的野菜，再就是一盘烤干的馒头片，外加一人一碗玉米粥。三顺子早就饿了，玉米粥穿过喉咙的声音就很响。二丫静静地坐着，没有动筷子，她知道爹也没有动。她和爹就那样静静地怼着，听着三顺子的咀嚼声和喉咙声充斥了整个屋子。三顺子终于吃完了，屋子里安静了下来，二狗的声音也传了过来，丫头，想好了没有？

二丫还没有说话，三顺子就喊了起来，姐，这有啥想的，打着灯笼也找不来的好事啊。

二狗说，你别插话，听你姐的。

二丫再也躲不过去了，只能说，爹，女儿小的时候他对女儿做的事您都忘了？

那是多少年的事了，怎么还记着？二狗说，关键看现在。

女儿嫁给她，一辈子就毁了，二丫说，他是有钱，但他是个流氓。

啥是流氓？二狗不高兴地说，就他对你做的那些事，你不嫁给他，他才是流氓。你要嫁给他了，他就不是流氓了。

这话从自己的亲生父亲嘴里说出来，二丫没想到，二丫抬起头，开了灯，她想好好看看父亲，看到的却是一张愤怒而又干黄的脸，还有头上那稀稀拉拉的已经花白的头发。二丫拉了灯绳重新将自己陷入黑暗中，也将整个屋子拽入黑暗中。只有在黑暗中，二丫的眼泪才会不争气地汹涌而出：自从母亲走后，父亲就一天一天变成了这样，但这能怪父亲吗？父亲也是为了弟弟，弟弟是家里唯一的希望。只是头脑中一出现了母亲的影子，眼泪就止不住地流了下来。上初中的时候，姚栓牢试图强奸自己的事发生后，病恹恹的母亲愣是从床上爬了起来，拿起菜刀要去和姚栓牢拼命。母亲如果还在世，肯定不会同意她嫁给姚栓牢的。何况、何况她心里一直藏着一个秘密，尽管这个秘密已经永远不可能示人了，但二丫愿意永远把这个秘密珍藏在心底。从那个断崖边，她的心里就默默地喜欢上他了。她觉得，自己身子的清白是他保住的，那自己的身子就永远属于他，自己心里再也容不下别人了。她知道大锁已经结婚了，而且是她最好的朋友的男人，他们两个很相爱，她一直在心里默默地祝福他，她也一直认为只要他幸福就可以了，她也一直以为他们很幸福。二丫对大锁别无所求，她只要每天能看到他就心满意足了。可是二丫没有想到，就连这个小小的愿望，她也没有办法实现了。

姐，这么好的事你还犹豫什么，你不想让我有工作吗？三顺子的话又像一把刀，插在了二丫的心上。

三儿，从小到大，二丫一直把三顺子叫三儿，难道你就为了自己有个工作，把你姐往火坑里推吗？

那是火坑吗？三顺子的声音一下子大了，我是你的亲弟弟啊，我能不为你好？如果是火坑，怎么那么多的人争着抢着往里跳？

对别人也许不是，二丫说，对你姐肯定是。

三顺子也变了，变得二丫不认识了。听了二丫的话，三顺子甚至有些嘲讽地说，别找理由了，什么火坑不火坑的，全镇上的人都知道，你喜欢大锁哥。可是有用吗？人家早就和大凤姐结婚了。你一直在大锁家醋坊待着，你知道镇上人都怎么看你吗？大凤姐咋想你吗？让我看，你的这些事人家姚老板不可能不知道，人家是什么人，没有嫌弃你咱家已经烧高香了。

三顺子真正急了，爹刚告诉他的时候，他还有点不相信，或者说他不敢想象自己竟然能成为镇上人人羡慕的机械厂的工人。在三顺子看来，这不管对他和姐姐来说，还是对整个家来说，都是天上掉馅饼的事。但是，他没想到，没想到姐姐竟然会不同意。"不同意"只是三个轻飘飘的字，但这三个字却要葬送眼看到手的工作，三顺子不能不着急。

三顺子的话刚说完，就感觉脸上火辣辣的，在那么黑的屋子里，二丫什么时候走到了自己面前，什么时候挥起的手掌自己一点儿都不知道，只有那一记耳光声在屋子里异常清脆。长这么大了，三顺子还是第一次被自己的家人打。从小到大，除了被家境好的同学欺负，父亲没打过他，母亲没动过他一根手指头，姐姐更是对自己疼爱有加，母亲去世后，学习成绩很好的姐姐把上学的机会让给了自己，每月发工资了，姐姐都给自己买很多好吃的，自己却舍不得吃。三顺子一下子被二丫突如其来的耳光打蒙了，打得他的火气腾地蹿了起来。三顺子猛地站起来，握紧了拳头，忍了忍没有打出去，而是化拳为掌，蒙在了还在发烫的脸上。

二狗蹲在炕边，头抵在膝盖上，半天没有说话了。二狗的年龄还不大，但女儿受辱、中年丧妻、儿子无业接力赛一样落在了他的身上，他都默默地承受了。他一直觉得，在日月镇，他活得还不如一条狗，他把这一切都归结在命上，谁让他是这个命呢？这么多年来，他不怨天不怨人，只怨自己的命运不好。但现在老天终于可怜他了，终于给了一个改变命运的机会。况且这个改变，只需要女儿的一句话。养女防老，他几乎可以看到好日子已经像天空中的风一样，吹进家门了。但是他没有想到，现在是冬天，吹进家门的是寒风，袭骨冻髓，寒彻心扉。要是三顺子这样，二狗也就认了。但二丫不一样，她从小就是个听话、孝顺的孩子，现在有了这样一个改变全家命运的机会，她怎么会不愿意呢？何况、何况就像三顺子说的，对二丫来说，她从此就掉进了蜜罐，吃香喝辣，身穿好料子，出门有车，风吹不着，雨淋不到，更不用起早贪黑地去大锁的醋坊打工赚钱，从此就过上了衣来伸手、饭来张口的日子。这在日月镇来说，几乎是所有女人做梦都想的好事。二狗不明白，这样一个对家人、对自己都好的事，二丫为什么会反对——她可一直是这个家里最顾大局、最懂事的孩子啊。

二狗找了很多很多的理由，还是无法想通，想得头都大了的二狗不愿再想了。二狗从黑暗中猛地站了起来，开始发火了，这么多年来，都是别人向他发火，包括三顺子。压抑很久、忍无可忍的二狗一旦发起火来，就不可收拾，他把那盘自己捡了半下午才捡到的野菜狠狠地摔在了地上，当然，二狗还没有失去理智，他把盛菜的陶瓷盘子紧紧地抓在手里，那是他们家最好的一个菜盘。

在光线黯淡的屋子里，蔬菜落地的声音就像人突然摔了一跤，或者像一块破布贴在了地上，屋子里发出沉闷而支离破碎的声音，二丫觉得，这声音就像家里的生活一样；二狗却觉得，这声音就像全家人未来的命运一样。

二丫向大锁求助

　　走出家门，站在门口的柳树下，白日繁华的日月镇空无一人。寂静得使人怀疑平时的热闹繁荣是不是假象。从东往西，现在日月镇的大街上，只剩下门口孤零零的柳树，就像此时的二丫本人。站在柳树下的二丫不知道何去何从，她真的希望那一条条垂下来的柳枝变成一根根绳子，把自己永远地挂在柳树上，即使闭上眼睛了也能守着家、守着爹、守着三顺子，看着心里想看见的人。

　　完全是无意识的，二丫双腿带着身体，慢慢地向镇西移去。等到二丫明白过来想去哪儿的时候，自己禁不住苦笑了：现在，大锁肯定和大凤在一起甜蜜，而自己，已经在离开他们家的时候把钥匙留下了。原来在大锁家做工的时候，每天她都去得很早，去的时候大锁和大凤还在被窝里，二丫甚至能闻到从被窝里传出来的气味。还有，还有那从屋子里传出来的声音很让二丫脸红心跳，二丫却听得很入神，很向往。二丫不止一次地想，如果屋子里的女人是自己，哪怕只有一次，她也死而无憾了。

心里明明知道即使去了也进不了门，可脑子就是管不住腿。二丫很快就来到了镇中心大锁家门口。和其他人家一样，大锁家黑黝黝的、冷冰冰地把二丫拒在了外边。二丫站在门口，默默地看了很久，才算了了心事似的，转身往回走。镇上连个路灯也没有，只有月光惨淡地洒落下来，孤零零一个人走在大街上的二丫觉得自己就像镇上的孤魂野鬼，在偌大的街道上四处飘荡，却不知去何处安身。

　　身后隐约传来的声音让二丫毛骨悚然，这声音，很像上初中时姚栓牢跟在后面的声音。但很快，二丫就释然了，自己连死也不怕，还怕有人跟着吗？二丫没有回头，即使走到了自己家门口，她也没有看一眼。她直接向镇子外面走去。镇子外面有一条路，是条土路，弯弯曲曲的，通向田地。一出镇子，冬天的寒风没有了阻挡，变得更加肆无忌惮。还有一些不知道名字的鸟儿猛然叫上一声，使这个冬天的夜晚变得更加阴森、可怕。二丫已经不知道寒冷，更不知道害怕了，只有腿机械地往前移动。前面是黑魆魆的一片，但越往前走，二丫就觉得离母亲越近。母亲离开二丫后，就一直一个人孤零零地躺在前面不远的地方。二丫觉得现在的自己就像母亲一样，孤苦伶仃，无依无靠。终于走到了母亲的跟前，二丫跪倒在母亲的墓碑前，眼泪像天上的星星一样洒满了坟头。没有见到母亲的时候，二丫有一肚子的话要对母亲说。到了母亲的身边，她却不知道给母亲说什么，怎么说？说父亲的狠心，还是弟弟的自私？母亲在世的时候，最喜欢弟弟了，如果母亲知道是因为自己而使弟弟没有了工作，母亲还会像小时候一样疼爱自己吗？眼泪被寒风冻结在了脸上，二丫的眼睛里已经没有眼泪了。她深深地把头抵在母亲坟前的土里，肩膀抽缩了几下，恭恭敬敬地又给母亲磕了几个头，然后站了起来。二丫在从母亲的坟墓前转过身的时候，用袖子擦掉了脸上的泪痕。

前面站着一个人，一个很高大的黑影。虽然只能看见这个人的轮廓，看不见他的面容，但二丫只看了那个黑影一眼，眼泪就止不住地又流了下来。二丫像看到一根救命稻草一样猛地扑了过去。惊得旁边坟头上一只不知道名字的鸟儿大叫了一声，展翅飞走了。

大锁哥。二丫把头深深地埋在了大锁的怀里。

大锁站着没动，身体挺得笔直，任二丫在自己的怀里号啕大哭。不知道过了多长时间，二丫终于停止了哭泣，她从大锁怀里抬起头，退后两步，两只眼睛在月光下闪闪发亮，大锁哥，救我！

大锁看着二丫，问，二狗叔同意了？

二丫点点头，咬住了嘴唇。

三顺子也愿意？大锁又问。

二丫没有点头，眼泪流得更凶了。

你是怎么想的？

二丫这回没有点头，更没有摇头，她一言不发地看着大锁。

大锁回避开了二丫的目光，拉着二丫又回到了母亲的坟头。坟头的墓碑，也是大锁掏钱立的，问过你妈了？

二丫这回摇了摇头。

问问你妈的意思。大锁说。

二丫低下头，好一会儿才说，我妈喜欢三儿。我妈要知道因为我耽误了三儿，肯定会怪我的。

大锁没有说话，他突然觉得坟地的风很冷，冷得使他禁不住打了个哆嗦。而站在身边的二丫，就像坟头在寒风中瑟瑟发抖的一棵枯草。大锁转过身，拉了二丫一把，走吧，回家。

　　回家的路很长很长，两个人都没有说话，一直到了二丫家门口。大锁才站住了，是郭一凡说的媒？大锁问。

　　二丫刚点了点头，就急忙摇头，大锁哥，你可别为了我又干傻事。

　　大锁笑了笑，没事，回家吧。明天，我在醋坊等你，如果我有事不在，你就去找黑娃镇长。

　　大锁说完就走了，头也没有回一下。

大凤和二丫反目

二丫的眼睛一直盯着屋顶，屋顶黑乎乎的，什么也看不到，直到窗户纸上有了亮光之后，她才迷迷糊糊地睡着了。睡梦中，她又出了家门，来到了日月街上。整个街道阴森、冷清、萧条，空无一人，空无一物，只有家门口那棵柳树在月光下无风而动。二丫在街上先是走着，不管走到哪儿，都觉得柳枝冷冰冰地在自己的脸上抽着。那柳枝一会儿变成棍子，劈头盖脸地向自己抢来；一会儿又变成绳索，一圈一圈地箍在自己身上。她想躲开柳枝，却怎么也躲不开。她走到哪儿，柳枝就伸到哪儿，总是那么阴魂不散地罩在自己头顶。二丫心里害怕极了，她撒腿跑了起来，柳枝在头顶跟着跑，不停地在她的眼前晃动，一会儿幻化成姚栓牢的脸，一会儿幻化成爹的脸，还有三顺子的脸……后来，她实在跑不动了，猛地回头想和柳枝拼命时，突然发现柳枝把大锁捆得结结实实的……

二丫惊叫一声醒了过来，屋子里只有她一个人，爹和三顺子不知道去哪里了。太阳光已经给窗户纸涂上了颜色，屋子里斑驳陆离的。二丫想起了昨天晚上大锁的话，正好趁爹和三顺子不在家，去醋坊一趟。二丫连忙爬起来，用冷水擦了一把脸，走出了家门。柳枝在阳光下发着亮亮的光，二丫想起了昨晚那个奇怪的梦，她停住脚步，站在门口认真地看了柳枝一眼，二十多年了，柳树一直长在家门口，她早就已经习惯了，习惯得好像柳树不存在一样。

二丫从柳树下经过时，有一条柳枝抽在了脸上，火辣辣的。二丫有了一丝不祥的预感，她急忙向镇中走去。街道上陆续有人在走动，或快，或慢，或悠闲，或匆忙，和往常一样，越往西，人越多。到了大锁家门口时，已经是人山人海，里三圈外三圈地围满了人。有本镇的，但更多的是不认识的人。每个人都很兴奋，脸上挂满了期待。二丫看了，在那么一瞬间，心里多少有些失落，没有了自己的"大锁醋坊"似乎比以前生意更好了。自己在的时候，门口只不过排起长长的队伍，什么时候像今天一样，把醋坊围得水泄不通！

事情并没有给二丫多少感慨的时间，人海就像被突然撕裂了一样，豁开了一道口子。二丫看见大锁大步流星地走了出来，只是在大锁身后，跟着两个派出所的警察。在二丫还没有任何反应的时候，大锁已经走到了二丫面前。二丫张了张嘴，她想叫一声大锁哥，却没有叫出声。大锁显然没有看见二丫，他昂首挺胸，连头都没有向二丫站立的地方侧转一下，就从二丫面前走了过去。一直到警笛声音由大到小，最后和大锁一起消失了，二丫还傻傻地站着。

脸上突然又火辣辣地疼了一下，比柳梢抽在脸上更疼。这种疼痛使二丫回过神来，围观的人并没有散去，此刻正紧紧地围在了自己身边。大凤站在自己面前，在自己还在眼冒金星的时候，大凤又一记耳光狠狠地抽在了另一边脸上。这次，大凤不仅仅满足于左右开弓了，而且还带上了骂，不要脸的狐狸精。二丫蒙了，彻底蒙了，她的头脑一阵混乱，似乎已经知道了缘由，又似乎什么也不知道。她只看见满眼全是人的脸，除了一张怒气冲冲的脸，是大凤的；其余全是兴高采烈的脸，一张张脸那么虔诚、热切地期待着，显然都没有过瘾，期待着更精彩的事情发生。站在人声鼎沸的大街上，二丫莫名其妙地有了一种在坟地的感觉。

大凤姐，二丫摸着热辣辣的脸颊，她不相信这种痛感是大凤带给她的。

闭上你的臭嘴，你这个骚狐狸，害人精。大凤的嘴像刀子一样。

二丫还想解释，父亲二狗不知什么时候挤到了身边。父亲在别人面前，连头都不敢抬，但在自己的女儿跟前，有的是胆气和力气。二狗像大凤一样，在众目睽睽之下甩开了胳膊，一巴掌抽在了二丫的脸上，还不嫌丢人啊，赶快回家去。不由分说，抓住二丫的胳膊向外撞去。人群有些不情愿地让开了一条路，二丫被父亲拖着，背着满身的议论和目光回到了自己的家。

跪下。二狗大喊道。

面前是母亲的遗像，母亲在相框里黑白分明、面无表情，两只眼睛死死地盯着她。

完了，全完了，一切都完了。二狗再次扬起的巴掌没有落在二丫脸上，他的手一遍又一遍地在自己满脸的皱纹上来回抽动，你看你生了个什么货色，三顺子的工作没了，我的脸也没了。

二丫直直地跪着，直到现在，她还不知道到底发生了什么。她隐隐感觉到大锁做了什么。但到底做了什么？她想弄明白。

爹，你别打了。二丫抓住二狗的手，她看到，爹的脸已经变成了酱紫色，到底怎么了？大锁哥为什么被抓走了？你快告诉我。

为什么？二狗满嘴唾沫星，不是你鼓捣的？

我鼓捣什么了？二丫又问道，到底怎么了？

我想也不会是二丫。这一声是从门外传来的，二丫不用回头，就知道是镇上小学的政治老师郭一凡来了，不是你就好，不是你这事就还有回旋的余地。

先生来了？二狗的脸上瞬间堆满了笑，先生的话当真？

千真万确，郭一凡说，我刚从医院过来的，传达的就是姚栓牢的意思。

姚厂长大人大量，难怪能干成大事。二狗用手推了推二丫，还不赶快去给先生倒水。

郭一凡摆摆手，水不倒了，我有话对二丫说。

二丫跪着没动，郭老师，要是还是姚栓牢的事，就别说了。我不会同意的。

放屁，二狗一急，在地上跳了几下，抖动着手指，由了你了？转身在床上拿来了小扫把，高高地举在了头顶。

爹，二丫大喊了一声，你要再逼我，我就找我娘去。

二狗胳膊一软，小扫把掉在了地上，硬的不行，就来软的，对付二丫，二狗有的是办法。当着郭一凡的面，二狗膝盖一弯，跪在了二丫面前，爹羞先人呢，爹给你跪下了。

郭一凡听了二丫的话，正不知道怎么办，二狗一下跪，郭一凡立即觉得有了柳暗花明的意思。在光线阴暗的屋子里，二丫跪在死去的母亲的遗像前，活着的父亲又跪倒在她面前，郭一凡觉得自己实在是小看了这个胆小贪财的窝囊废，这一跪拨云见日，太给力了。

果然，二丫慌了。她急忙站起来，使劲地拽着父亲的胳膊，二狗的态度很坚决，你不答应，我敢起来吗？你现在是我祖宗呢，你什么时候答应，我什么时候起来。

父亲不起来，二丫只能又跪倒在父亲面前，这一次，她的眼里没有泪，她静静地看着父亲，然后把头抵在了地上。二丫一连磕了三个响头，把二狗磕得魂飞魄散。二狗还没有来得及做出反应，二丫已经冲出了家门，消失在了门口的大街上。二狗和郭一凡追出来的时候，只看见门口的柳枝有一下没一下地晃动着。

二丫跑得很快，现在，她满脑子是大锁的影子，大锁哥怎么样了？他为什么会被警察抓走？虽然不知道原因，但二丫知道大锁一定是因为自己才被抓走的。满街道的人都停住了脚步，像看怪物一样看着二丫。二丫不管不顾，也不在乎了，她现在就想见到大锁，只有确定了大锁没事，她才能放心地去干自己想干的事。镇派出所越来越近了，二丫跑着跑着，脚步却越来越慢。明天，如果我不在醋坊，你就去找黑娃镇长。大锁的话在脑子里一闪，二丫一下子豁然开朗了，黑娃镇长是大锁最好的朋友，现在，只有黑娃镇长才能救大锁。

刚刚放慢脚步的二丫又撒开腿飞跑起来，她穿过派出所，一头扎进了隔壁的镇政府。这是这个镇上权力最大的地方了，平时，二丫即使从门口路过，也不敢往里看，低着头匆匆走过。此时的二丫，却如入无人之境，一间一间推开虚掩的房门，直到看见坐在黑色办公桌后面正在接电话的黑娃，才一脚跨了进去。突然停下来的二丫大口地喘着粗气，半天说不出话来。

镇长黑娃看着破门而入的二丫，放下了电话，却不说话。这样的事，他在镇政府经常遇见，以静制动是他多年养成的习惯。及至看清楚是二丫，黑娃离开座位，倒了一杯水放在二丫面前的茶几上，又回到座位上，拿起报纸看了起来。

镇长，大锁被抓了。二丫终于喘匀了气，开口说道。

谁被抓了？黑娃见二丫开口了，放下了报纸，不动声色地问，被谁抓了？

大锁哥被镇派出所的警察抓了。

黑娃的脸上看不出喜怒哀乐，大锁让你来的？

二丫连连点头。

我知道了，黑娃镇长说，你回去吧。

二丫不走，又问，大锁哥不会有事吧？

怎么会没事，黑娃镇长大声说道，无法无天了，砸了车也就算了，还把人打进医院了。

二丫这才知道事情的严重性，连镇长也这样说，看来大锁哥把事情闹大了，但镇长是大锁哥的好朋友啊，二丫仍然心存侥幸，镇长，您想想办法帮帮大锁吧。

我没办法，黑娃镇长说，我的办法就是把他关起来。

镇长的屋里生着火炉，火苗不停地从炉膛里蹿出来，在二丫的面前跳跃。二丫却觉得很冷，由里到外、发自内心地冷，寒彻肌骨。二丫不禁浑身发抖，她死死地看着镇长，眼睛里充满了乞求，镇长是她唯一的希望了，为了救大锁，二丫什么都愿意做，包括做人的尊严。慢慢地，二丫的膝盖弯成了九十度，平生第一次，她跪倒在了一个和她毫无血缘关系的人面前。二丫在跪下去的时候感到了极大的屈辱，但她没有办法，为了大锁，她愿意这样，也只能这样。

黑娃镇长看着跪在面前的二丫，很长时间一言不发，屋子里的空气仿佛凝滞了，只有炉膛里的火苗还在不停地跳跃。只有一个办法，黑娃镇长说，取得受害者姚栓牢的谅解，或许可以放人……

二丫答应了婚事

日月镇小学的门头很高，也很宽，宽到像姚栓牢那样的越野车进门时可以不减速，轻松、自由地出入。这让镇小在小镇上挣足了面子。小镇上的人知道，门的大小决定里面的实力。比如，在小镇上，姚栓牢的机械厂的厂门是最大的，大到了超出小镇人对门的想象的程度；次之是镇政府的大门，虽然比机械厂的小，但威严、气派，神圣不可侵犯；接下来就是镇小学的大门了。小镇上的人很重视教育，都把学校视为小镇的未来，所以，镇小学里面就处处弥漫着一种带着文化味道、又说不清道不明的气息。

唯一和前两者不相符的是，镇小脸面虽大，里面却很寒酸。几间教室，都是用以前的破庙改的，适合远看。屋内因年头太久，已经破烂不堪。四壁墙皮斑驳，有时候正上课，墙面上突然就掉落一块，吓老师和同学们一跳。课桌不知道用了多少年了，大多桌面已经裂了，铅笔常常神出鬼没地陷落在桌仓，或者地上。小镇的孩子不甘寂寞，经常用小刀在桌面完好的地方刻上自己的名字，久而久之，这张桌子坐过什么同学，坐过多少同学就一目了然。因为是神庙改的，教室里自然没有窗户，虽然影响了光线，即使灯光下也有些昏暗，但现在因为是冬天，就给寒风少了些入侵的机会，使得这些没有火炉、更谈不上暖气的教室不像其他的屋子那样寒冷。

当然，镇小的教室破虽破，虽然经常有墙皮脱落，头顶也有莫名其妙的东西落下，但安全程度是毋庸置疑的。上次有个地方地震，小镇正好在振幅带上，地震过后，小镇上有的外表看上去很新的房屋出现了裂缝，而镇小的教室震前是什么样，震后依然如此，没有丝毫变化。这些，不是学校的老师证明的，而是一帮学生家长认真视察后说的。

郭一凡就在这样的教室里给学生代课。

几年了，已经好几年了，每次走出这样的教室，郭一凡就不想再进去，或者不想以现在这样的身份进去。今天，郭一凡就没有进去。他的课，校长让其他老师代上了，好让他腾出时间和精力为学校筹谋大事。这几天，校长每次见了他，都是一副巴结的表情。这让郭一凡很受用，但同时心里又很着急。二丫这个看起来文弱的小女子，性格竟然这样倔，这是郭一凡没有想到的。还有一点郭一凡不是没有想到，而是没有想通，像二丫这样的家庭，能有机会鲤鱼跃龙门，从此脱贫致富，是打着灯笼也难找的事，而二丫竟然不愿意？郭一凡私下琢磨这个事的时候，有那么一阵子也很佩服二丫的骨气，但过后一想，骨气几斤几两，能提高碗里的饭菜质量，还是能增加口袋里的钞票厚度？郭一凡压根儿就不相信，现在这个社会上，还有钞票动不了的人和事。因此，郭一凡着急归着急，但只表现在心中。就像那天，二丫拔腿跑了之后，郭一凡轻轻地拍着二狗的肩膀说，好好想想吧？想通了让二丫来找我……你就不用来了，二丫不同意，你来了也没有用。临走的时候，郭一凡又强调了一句。后来郭一凡总结这一段的时候，很满意后来加上的这句话。这句话不动声色地增加了二狗的心理压力，可以促使二狗下决心，加快二丫的到来。

现在，郭一凡不能再出动，他只能等，静静地等待二丫的到来。脑子里虽然有主意，但心里毕竟不踏实，万一二丫这个傻妞不来怎么办？郭一凡虽然坐在自己的屋子里，眼睛却不停地透过窗户上的玻璃，看着学校的门口。直到二丫的身影出现后，郭一凡才收回了目光，拿出了课本开始备课。郭一凡有备课的习惯，他之所以很受家长和学生们的尊重和爱戴，和他每次讲课前备课关系很大。郭一凡每次一备课，都是全神贯注地全身心投入。以致二丫站在跟前轻轻地叫了两声郭老师了，郭一凡才抬起头，懵懵懂懂地看着二丫。

郭老师，二丫说，你去医院看过姚栓牢了？

郭一凡点了点头。

真的很严重？

伤倒不很重，只是伤的地方不对，屁股、前胸、后背，哪儿不能打，非要打在脸上。青一块紫一块的，说难听点，就是在裤裆踢上一脚，也比打在脸上强。郭一凡站起来，你想那姚栓牢是何等人啊，每天都见的什么人，那形象是很重要的。

那也不至于把大锁哥抓起来啊？二丫说。

关键是那车，郭一凡说，姚栓牢的车你即使没坐过，也肯定见过，那是一百多万的宝马啊，愣给砸了。靠他那个醋坊能赔得起？赔不起，那就得坐牢。光天化日之下打砸私人财产，能不犯法？

二丫被一百多万的数字吓住了。这个数字，她想都没有想过，只在书上见过。现在，她竟然和这个数字发生了关系。这一百多万彻底击垮了二丫，她知道，自己没有退路了，如果我同意嫁给他，大锁什么时候能放出来？

郭一凡眼里瞬间出现了一道惊喜的光，但他很快把这道光芒压了下去，郭一凡在心里感叹道，钱真他妈是个好东西。

你和姚栓牢一订婚，马上就能放出来。郭一凡说。

车也不让大锁赔了？二丫又问。

哈哈哈，你真是个傻丫头，郭一凡这才笑了，笑得很自然、很真诚，你想啊，你要和姚栓牢订婚了，他的车就是你的车。你说让赔就赔，你不让赔谁敢让赔啊。

当真？

当真！

二丫想了想，理确是这个理。你去告诉姚栓牢，我同意，二丫说，但是，大锁今天必须放出来。

只要你同意，一句话的事，没问题。郭一凡的语气很肯定。

我不信你，郭老师，二丫很认真地说，你现在就去，我就在你办公室等消息。我要看到大锁从派出所出来，我还要看到姚栓牢亲笔写的不要赔偿的字据。

郭一凡虽然心里很不舒服，自从他当老师以来，还没有人当面说过不信任他的话，但万事有得必有失，郭一凡不计较了，他知道，不但现在，以后尤其不能和二丫计较，二丫真和姚栓牢结了婚，自己将来看她脸色的时候还多着呢。想到这里，郭一凡很痛快地说，我马上去，你心里要清楚，我也是为你好，嫁给姚栓牢，委屈不了你，你就等着享福吧。

走出学校大门的郭一凡，瞬间觉得天也不那么冷了，太阳也有劲了，就连街道，也比以前宽阔了许多。街上认识的人都纷纷和他打招呼，他不像以前那样只矜持地点点头，他热情地回应着每个问候他的人。甚至，只要是熟悉的，还没有看见他或者还没有来得及招呼的人，郭一凡也一反常态，主动问候。使得那些被问候到，尤其是有孩子在镇小上学的人，既莫名其妙，又受宠若惊。郭一凡越走心情越爽，平时在郭一凡脚下很长的路，今天却突然变短了，郭一凡走进镇医院的时候想，原来人和人和谐相处也是一种享受啊。

姚栓牢好像早就知道了消息似的，心情也不错。郭一凡刚走到特护病房门口，就听到里面传出了姚栓牢爽朗的笑声。郭一凡在心里骂道，别人住院，都是受罪。有钱有权的人住院，却是享受，这他妈的什么世道？！果然，半间教室一样大的病房里，中间只有一张床，姚栓牢半躺在病床上，病床周围站满了美女。每个美女的目光都凝视在床上，或者说凝视在姚栓牢的脸上、嘴上、眼睛上，以至于郭一凡走进去，竟然没有一个人回一下头，或者抬头看他一眼。这多少让郭一凡有些失落。

姚栓牢的目光从众多美女的乌发中穿过来，问道，妥了？

众美女跟随着姚栓牢的目光，这才看到了正在点头的郭一凡。这些在机械厂工作的美女们都知道来的是他们老板最好的朋友，可

49

是，还没有等她们来得及表现出热情，姚栓牢就说话了，好了，你们都走吧，我和郭老师有正事。

有一个美女开了个玩笑，两个男人又憋什么坏水，不敢让我们听到？话刚出口，看到姚栓牢的脸瞬间变得严肃了，该美女吐了吐舌头，众美女就鱼贯而出了。偌大的病房只剩下了姚栓牢和郭一凡两个人，还有那摆满了一屋子的鲜花。

郭一凡像个局外人一样站在花海之间，心里恨得牙根都痒痒，姚栓牢啊姚栓牢，你他妈真是艳福不浅，不管什么时候都是花团簇拥啊。

大凤和大锁吵架了

派出所院子不大，除了民警办公的地方，还有一个房间，里面空荡荡的，只放着一张床，上面连个被褥也没有。门被从外面锁上了，不管大锁在里面怎么喊，喊什么，外面的人好像听不见，没有任何反应。以至于大锁想去厕所，喊破了嗓子也没有人来。实在憋得不行了，大锁在屋子里团团转，才发现没有人理他是正常的，他进来的时候，门后就放着一个痰盂，只不过他没有发现。尿急的问题解决了，大锁站在房子中间，满屋子看，屋里只有一个窗户，上面全是小指粗的钢筋，间距很小，除了挡不住目光，什么都能挡住，反正，想偷跑出去门都没有。大锁闲得无聊，只能通过窗户往外看，所幸窗户上连张塑料纸也没有，又正好对着大门口，所以大锁一直能看见派出所外面的马路，以及在马路上行走的人。二丫低着头从门口匆匆走过去的时候，大锁正好看见了。看二丫的样子，肯定去隔壁的镇政府了。

有了这个发现，大锁反而不着急了。

虽然只有一墙之隔，隔壁却是整个日月镇的中心。而主宰这个中心的，就是镇长黑娃。黑娃是日月镇上第一个考上中专的文化人，毕业后先当老师，一步步走到了镇长的位置。按照政府的惯例，每一级组织都是书记说了算，日月镇也有党委书记。只不过日月镇欺生，这个书记是从外地调过来的，在镇政府说话，除了镇长黑娃听，其他人都听不见。时间长了，书记也就和其他工作人员一样，听黑娃的了。大锁现在待着的派出所，与其说保护整个日月镇老百姓的安全，不如说就是保护镇长黑娃一个人的。

大锁看着屋子里的床板，虽然上面空荡荡的，但进来已经一天多了，总得休息一下，出去了好有精力做事。大锁坐在床上，身体靠在墙壁上，不一会儿就进入了梦乡。梦境总是很奇怪的，二丫明明和姚栓牢势不两立，梦中却身着一身红色的衣服站在姚栓牢身旁。睡梦中的大锁还没有来得及探清究竟，就被开门的声音惊醒了，他睁开眼睛，站在面前的人正是去家里给他戴上手铐的警察。就像抓他一样，警察没有说为什么；放他也一样，警察打开他手腕上的手铐，直接说道，回去吧。

就那么一天的工夫，走出派出所的大锁感觉日月镇好像不一样了，天上的云，脚下的路，路旁的树，都满溢出从未有过的亲切。就连空气中的风，凉飕飕地刮在脸上，也不像以前那样孤寂和冷冽了。大锁看了镇政府一眼，很想进去道声谢，想了想影响不好。自己倒无所谓，关键是黑娃，有些事心里清楚，脑子里记住就行了。大锁第一次开始为别人考虑，他没有大摇大摆地回家，而是绕到镇外。冬天昼短夜长，何况走出派出所的时候已经是下午了。白天的短暂使得大锁在镇外并没有经受很长时间的寒冷，暮色很快就上来了。大锁趁着夜色，悄悄地钻进了家门。

家里很冷清，屋子里漆黑一片。大凤肯定不在家，大锁想，出去也不锁门，就不怕家里进了小偷？想起大凤，大锁心里有些失落，自己在派出所都待了快一天了，大凤竟然看也没来看他一眼。大锁直接进了厨房，摸黑找到几个馒头，回到了卧室。说是卧室，也就是一间放床的房间。好在卧室里炉火正旺，大锁不但看到了，也感觉到了。家里就是好，这是大锁此刻最真实的感受。大锁拉开灯，去掉炉膛上的盖子，把夹煤球的夹子横放在上面，再把凉馒头放上去，蓝色的火苗舌头一样伸出来，躲躲闪闪地在馒头下面舔着。不一会儿，屋子里就飘满了馒头的香味。

给别人家干活，回自己家吃饭，好无私、好大度啊。身后传来了大凤的声音。

你在家啊，大锁回头，看见大凤躺在床上，我饿死了，给我擀碗面吧。

给谁干活，到谁家去吃！大凤转过身，面朝墙壁。

大锁饿了，真饿了，来不及和大凤计较，拿起烤热的馒头吃了起来。大锁吃得很香，他觉得再也没有比烤馒头更好吃的食物了。大锁实在太饿了，饥饿使他只想到了肚子问题，而忽略了大凤的情绪问题。被忽略的情绪往往因为憋屈和愤怒显得十分可怕，大凤也一样。转过身去的大凤已经习惯了大锁像以前一样抛下手里的一切，跑过来解释、道歉、保证。几分钟过去了，大锁没有反应；十几分钟过去了，大锁没有动静。起先大凤强压住火气，一秒一分地等待。

每过一秒，大凤的身体就发胀；每过一分，大凤的身体就仿佛要爆炸。时间一秒一分地过去了，大锁却没有些许悔改的迹象。别说我没给你机会，大凤的火气就在这等待中慢慢地熊熊燃烧起来了。被子被大凤用脚踹起来，成降落伞状落在了地上，从床上一跃而起的大凤宛如一头被激怒的狮子，一个箭步冲到了大锁的跟前。在大锁目瞪口呆之际，手中焦黄的馒头已经被大凤抓到了手里。大凤感觉到抓在手里的不是馒头，而是大锁的脑袋。大凤恶狠狠地把馒头摔在地上，两只脚疯狂地踩踏。馒头看着柔软，却像大锁的脾气，一脚下去踩平了，抬起脚却又鼓了起来。大凤越发生气了，脚丫子雨点般地落在已经变形的馒头上。看着馒头上气不接下气地还在喘气，大凤穿上了高跟鞋，用鞋跟只踹了一下，馒头就像泄了气的皮球，蔫了。大凤再加上几脚，馒头终于服服帖帖地一动不动了。

大锁坐着没有动，看着大凤的脚在馒头上撒气，他知道大凤正在气头上，如果他站起来，大凤踹的就不是馒头了，万一自己控制不住火气，事情就变得不可收拾了。大锁刚从派出所出来，还不想和大凤吵架。他抬起头，看着大凤依然在喷火的眼睛，问道，怎么了？

你说怎么呢？大凤大喊道，好端端的派出所为啥抓你？

大锁笑了，这不为给二丫出口气吗？

谁是二丫？大凤的声音依然严厉。

真是病了，还病得不轻。大锁笑嘻嘻地说，二丫不是你最好的姐妹吗？我为二丫出气，不就是为你出气吗？

那好，我问你，我的姐妹重要，还是我重要？大凤不容大锁有喘息的机会。

大锁不看大凤了，目光重新移到炉火上，他觉得这样的话没有必要回答。

说！大凤声嘶力竭地喊了一声。

大锁不想事态扩大，当然是你了。

那好，大凤突然往大锁手里塞了一把刀，是厨房里的菜刀，难怪刚才在厨房想把馒头切成片，没有找到刀，原来被大凤拿到卧室了。大凤说，你现在拿刀去把姚栓牢给我废了。

刚才大锁觉得大凤只不过是心头有气，现在看来，大凤是疯了，真正疯了。他把刀放在地上，我已经打了他，还砸了他的车，教育过了，这事不至于用刀。

你心里只有那个狐狸精，你能为那个狐狸精去砸车，就不能为了我去砍人？

大锁抬起头，你怎么了？

大凤依然很气愤，她一字一顿地说，你老婆我被人欺负了。

大锁腾地站了起来，姚栓牢？

姚栓牢！

大锁弯腰抓起了地上的菜刀，抬起头问，没说谎？

气呼呼的大凤在大锁的眼睛里看到了火星，火星正以不可抑止之势向全身蔓延。大凤突然害怕了，她不知道这种做法到底对不对，大凤张了张嘴，没有说出话来。

到底是不是真的？大锁大喊一声，说！

姚栓牢的所作所为电影般出现在眼前，大凤咬了咬牙，当然是真的。

话音刚落，大锁拿着刀一阵风似的出去了。屋子里突然显得很空、很静，屋外的寒气透过门上的布帘，吹了进来，已经清醒过来的大凤不由得打了个寒战。在炉膛上跳跃的火苗像血一样，把整个屋子映得血光冲天。大凤冲到门口，拉开了门帘，大锁早就没影了。大凤一下子瘫坐在了地上，地是瓷砖铺的，光滑冰冷，冰凉得就如大凤的躯体。

姚栓牢感谢黑娃

离日月镇不远的地方，有一座山，叫日月山。山上长满了松柏，一年四季墨绿，远远看去，仿佛一幅油画，纵深感极好。由于地处黄土高坡，山上全是黄土，山顶却有一块巨石。每天清晨，太阳都是从巨石后面露出头来，开始一天的旅行。到了晚上的时候，月亮又挂在它的上空，清淡无语，很是奇妙。日月山脚有一孔窑洞，修得极为气派，外面是用花岗岩砌成的，成色像极了山上的日月石。远远看去，山上山下就有了呼应，整座山也就有了灵气。据说有懂风水的阴阳先生无意从此路过，见了此景，叹为观止，言说只要在此洞中住上一日，便不枉尘世一回。一般而言，居于此处的都应该是庙宇、寺院，长年香雾缭绕，但此洞却不是庙，也不曾有香火，而是住了一户人家。窑洞外是半亩地大的一块平地，紧挨着高速公路。这儿不是加油站，更不是服务区，却把高速路撕开了一道口子，常常有在高速上行驶的车以为此处是个停车场，都要在此做个短暂的停留，一为赏景，二为歇息。歇完了要走的时候，才发现空地一

57

角有一个凉棚，下面放满了一桶桶醋，起名叫日月醋。旁边放了一个纸板，写着先尝后买。醋真是好醋，尝过的客人都称赞酸中带香，后味绵长。客人可以任意品尝，因没人看管，过往的客人拿上一两瓶开车走了，不用担心有人在后面追赶。不愿意白拿的，醋桶旁边有个铁皮做成的方盒子，五元十元全靠自愿和心情。

姚栓牢是在接到镇长黑娃的电话后，立即出了医院，赶往日月山的。姚栓牢以防万一，没有走高速，走的是高速旁边的姜石路，车速不能太快，走到时天已经黑了。姚栓牢停好车，坐在窑洞外的石凳上，点燃了一支烟，一边抽一边看着窑洞里亮着的灯光。在这个寒冷的夜晚，这抹唯一的亮光就像指路明灯，给人一种温暖、心里踏实的感觉。每次看见这抹亮光，姚栓牢知道，自己在事业上又进了一步。这抹亮光，不但是他前进路上的灯塔，更是他人生赖以成功的保障。姚栓牢很喜欢在某一个夜晚，就这样静静地坐着，慢慢地抽着烟，欣赏着窑洞里的灯光。

不知道抽了几支烟，窑洞里的门终于裂开了一条缝，姚栓牢看见洞里的灯光活像一把利剑，把黑夜刺开了一道口子，光亮显现之处，镇长黑娃端着两个保温杯走了出来。黑娃一直走到姚栓牢面前，把其中一个水杯放到他面前，在旁边的一条石凳上坐了下来。石凳依次围绕石桌，一共有六条，只有两条石凳上面，放置有厚厚的棉垫子。一条姚栓牢坐了，一条镇长黑娃坐在了上面。姚栓牢看见黑娃拿出了烟，急忙用火机点燃了，然后，身体在石凳上绷得笔直。黑娃慢慢地抽了一口烟，让烟雾穿过口腔在五脏六腑里游走了一番，烟雾和话语一起呼了出来，来了？

姚栓牢点着头，来了一会儿了，没敢打扰您。

天冷，喝口水吧。

姚栓牢象征性地拧开了水杯盖，在嘴唇上碰了一下，又放了下来，镇长，我把进展给您汇报一下？

镇长黑娃好像点了点头，又好像没有动。

姚栓牢知道镇长在听，说道，郭一凡回话了。

二丫答应了。姚栓牢又说。

大锁回家了。姚栓牢再说。

姚栓牢说的时候，黑娃一直没有说话。姚栓牢不说了，黑娃才说了一句，说完了？

姚栓牢又补充了一句，我今天是专门来感谢您的。

可能是寒气进了身体，镇长黑娃从鼻子里哼了一声，大锁和大凤吵架了。

大锁现在拿着菜刀到处找你呢？镇长的鼻子又哼了一声。

大凤给我打电话了，怕你出事，让你躲一躲。镇长的鼻子还在哼。

所以我打电话把你喊过来了。镇长黑娃的鼻子终于调整好了，这回没哼。

天太冷了，在石凳上坐得笔直的姚栓牢感觉到冷汗顺着脊背，在厚厚的棉衣后面往下流。咋办？他紧紧地盯着镇长的嘴巴，恨不能从镇长嘴里掏出话来。偏偏镇长黑娃一句话也不说了，嘴里吧嗒吧嗒地抽着烟。

镇长不说，姚栓牢只能硬着头皮说，镇长，没有你就没有我姚栓牢的今天。姚栓牢等了一会儿，还不见镇长说话，接着说，没有你我姚栓牢到现在还是日月镇上的一个小混混……姚栓牢说了很多，姚栓牢说得满头大汗了，才看见镇长把烟头扔在了地上，镇长抽的是雪茄，姚栓牢看见这一根雪茄还有小半根就被镇长扔在地上了，姚栓牢赶紧说出了最后一句，在日月镇上，大锁只听您的，镇长您要帮我。

黑娃轻易不笑，但这回确实笑了，姚栓牢在黑夜中看得很清楚。

脑子还很清楚？黑娃说。

冻得吧。黑娃又说。

寒气是个好东西，它能使人时时清楚自己。

黑娃说完这句话，站起了身，回去吧。

姚栓牢知道黑娃下逐客令了，急忙说，大锁那边？

回去吧，黑娃又说道，回去后准备一下，赶快和二丫把事定了。黑娃停顿了一下，又说，拆迁的事不能再拖了。

镇长黑娃说完，就进屋去了，进去的时候没有忘记石桌上的两个水杯。姚栓牢还是不放心，他站在外面没有走，一直看着窑洞里的灯光。直到灯灭了，窑洞隐藏在了山里，和日月山合二为一了，才打开了车门，慢慢地坐进了车里。车里和外面一样冷，姚栓牢止不住身体颤抖起来。车窗外面，夜黑如墨，高速路上偶尔有车经过，也是一闪而过。姚栓牢感觉他被黑夜包围了，自己曾经日思夜想的拆迁没有带给他丝毫喜悦，相反，他确确实实感觉到一种危险的临近。这种感觉很强烈，而且无处不在，就隐藏在黑夜中。镇长黑娃轻描淡写、胸有成竹的样子并没有让他安心。从多年前他被一脚踹下土崖的那一刻起，他就知道，日月镇上惹谁都不能惹大锁，那是一个天不怕地不怕的愣头青、二百五，此刻，这个二百五有可能就藏在黑夜中，不知道从什么地方突然就砸来一记闷棍，或者劈来一把菜刀。姚栓牢有点恨自己财迷心窍了，自己为什么要开发日月镇？本想着和镇长合作，可以人财两得，现在看来，有可能把命都搭上。命都没了，要那么多的钱有啥用？

姚栓牢越想越后怕，他觉得现在唯一安全的地方就是离镇长黑娃近的地方，而且越近越安全。镇长可能已经睡着了，姚栓牢依稀能听到镇长的呼噜声，这种呼噜声使他实实在在地感到安全就在自己身边。就在这种呼噜声中，姚栓牢迷迷糊糊地进入了梦乡。梦中，他又看见了大锁。大锁拿着一把菜刀，正恶狠狠地向他冲来。他想跑，腿却像灌了铅一样沉重，怎么使劲也抬不起、迈不开。眼看大锁扑到了跟前，高举起了菜刀，刀刃上闪着太阳一般的光芒。姚栓牢吓醒了，他抹去满脸的冷汗，抬头看见太阳已挂在了日月石上，才长长地呼吸了一口气。回头，看到镇长黑娃的专车已经停在了旁边。这辆车是姚栓牢公司里的车，司机自然也是姚栓牢给配备的。姚栓牢刚拉开门，镇长司机就已经站在了身边。姚栓牢从车里拿出一条烟，随手扔过去，你回吧，今天我和镇长有事。司机答应一声，开车走了。姚栓牢看了窑洞一眼，重新上车，以手为毛巾，在脸上抹了好几下，就算洗过脸了。然后，启动着了车，趁热车的机会，下车做起了厂里的工间操。当然是一边做，一边注意着窑洞里的动静。好不容易听到窑洞里有了声音，姚栓牢立刻全神贯注，两耳不闻身边事，一心只在做操上。

镇长黑娃已经站在身边了，姚栓牢还没有发现。一直到把一整套工间操做完了，满脸通红的姚栓牢才惊讶地叫了一声，黑镇长，你什么时候出来的，没打扰您休息吧？

镇长黑娃疑惑地望着他，司机今天没来？

来了来了，我让回去了，姚栓牢说，今天我接您上班，路上还有事要给您汇报。直到镇长黑娃坐在了副驾驶座位上，姚栓牢才觉得通往日月镇的道路向自己放行了。姚栓牢今天开的是越野车，他踩了一脚油门，大切诺基轻快地驶上了高速路。从这儿上高速，要到前面去掉头，姚栓牢有的是时间，车越往前开，就越深入到日月山里，姚栓牢一边开车一边想，黑镇长啊，咱俩是一根绳上的蚂蚱，谁也别想甩了谁。

大锁寻找姚拴牢

　　大锁拿着刀，蝙蝠一般地在黑夜里穿行。街道两旁的树纷纷倒向身后，站在门口聊天的人们远远看见一个黑影跑过来，立刻停止了话题，各自转身各回各家，紧接着就传来大门上栓的声音。门关了，却不进屋，一个个趴在门后，耳朵贴在门板上，似乎在监听蚂蚁从门前爬过的声音。大锁从小是在日月镇上长大的，日月镇上的一切他熟悉得就像自己的手指头，包括居住在日月镇上的人。他知道他们人虽然躲进了家门，心里却巴不得他闹出天大的动静。他几乎能看见他们在门后期待的表情，这就更使大锁跑得越发肆无忌惮，如入无人之境。街道虽然很长，但由于大锁的家处于街道的中心，跑到机械厂只有半个街道长的路程，所以，大锁跑得很不过瘾。但是，大锁却不能跑回头路，如果什么事都没有干，跑回头路会被人笑话的。大锁每次以这种方式跑出去的时候，都会给日月镇贡献一个多月茶余饭后的谈资，何况，今天跑出来的大锁手里还抓着一把菜刀。

　　医院里的病房是空的，高速路口也没见车，几个好一点的饭店也不见人，大锁只能奔向机械厂。机械厂已经下班了，大门紧关着。大锁来了个急刹车，稳住身形后，一脚踹在了角铁焊成的栅栏门上，大喝一声，开门。看门的是街道上的一个老头，虽然年龄和大锁的父亲是一辈，见了拿着刀的大锁，一声没吭战战兢兢打开了大门。大锁又一次长驱直入，一阵风刮到了姚拴牢办公室的门口。姚拴牢的办公室被一个防盗门牢牢地保护住了，大锁用脚踹了几下，除了发出几声沉闷的声音，门纹丝不动。气急了的大锁又挥刀砍了几下，乌黑的门上除了留下几道痕迹，仍然忠于职守地把他拒在外边。正在厂里巡逻的几个保安闻声大喊着跑了过来，见是大锁，都远远地站住了。大锁指着保安，喊道，过来。一个保安干脆撒腿跑了，其他几个被大锁的手指头勾到了跟前。

姚拴牢呢？

保安们都摇头。

知道去哪儿去了吗？

保安们继续摇头。

不知道跑过来干什么，大锁一声怒吼，滚。

话音未落，几个保安已经没影了。

防盗门比保安忠诚，牢牢地坚守着岗位。大锁又踢了几脚，无奈又返回到大门口，用刀指着看门的老头，姚拴牢什么时候出去的？

老头不敢看大锁的菜刀，这几天都没见人。

今天也没回来？

老头摇摇头。

说不说实话？大锁又抬起了手里的刀。

真没见人，只看见司机开车出去了，老头说，人家是老板，去哪儿不会告诉我这个看门的人。

大锁慢慢冷静下来了，想了想，也对，没有再为难老头，走到门外的路沿边，把刀往上一放，屁股坐在了刀上。从口袋里掏出烟，用手弹出一支点燃了。大锁是在喷出一口烟之后看见昨天抓自己的警察又站在了自己面前。大锁抬头看了看天上的星星，又喷出了一口烟。

黑镇长来电话了，警察说，镇长让我告诉你，让你别胡闹了。

大锁不信，黑娃会给你电话？骗鬼吧？

你以为镇长就你一个朋友，你以为就你一个人进过日月洞？警察不屑地说，镇长说了，你要听他的话，好说；如果不听，再把你关起来。警察指着大锁的屁股，我可看见下面的刀了。夜深人静，持刀意欲行凶，证据充分，够关十天半个月了。

何况，警察笑眯眯地对大锁说，黑镇长想关你了，需要理由吗？

大锁想了想，更对。但是，就这样认怂了，以后怎么在日月镇混，大锁站起来一边走一边说，我明天再来。

既然黑娃说话了，大锁就不能明火执仗地找姚拴牢算账了。但大凤不能白受欺负，整个晚上，大锁就像日月镇上的幽灵一样，找遍了姚拴牢有可能去的任何地方，舞厅、KTV、洗脚屋、浴场，都没有发现姚拴牢的车。大锁只好又回到了机械厂门口。这回大锁只是远远地看着，没有到跟前去。大锁知道，对于姚拴牢这样的人来说，钱往往比命更重要。有钱才有命，姚拴牢早晚要回到这里，这里不但是他的命，更是他在日月镇上所有的资本。

天很给大锁面子，本来预报今夜有小到中雪，竟然没下。大锁觉得这不是他要给姚拴牢找事，而是天都要灭他。否则，最近准确率达到百分之百的天气预报也因为有人要灭姚拴牢而没有故意制造麻烦。这就使大锁觉得自己占尽了天时。地利当然不用说，虽然在姚拴牢的地盘上，但自己在暗处，姚拴牢在明处。何时出击，选择什么时机出击，完全在于自己。再加上他欺负大凤在先，还有以前经常传出的姚拴牢欺负厂里女员工的传言，人们都是敢怒不敢言，早就失了人和。如此占尽天时地利人和的出击，更使大锁觉得自己此次行动的正义性和必要性。尽管，在内心深处，他对大凤的话半信半疑。大锁知道，姚拴牢能把事做这么大，自有自己的过人之处。什么事该做，什么事能做，如今的姚拴牢早就不像以前一样冒失了，他肯定是在心里斟酌了再斟酌。大锁的女人，姚拴牢轻易还是不会碰的。大锁有这个自信，但大锁却偏偏信了大凤的一面之词。大锁不知道为什么，他总觉得内心深处有那么一丝躁热，憋屈得他异常难受。是否为了二丫，他也很难说清。大锁有一种冲动，一种不计后果的冲动，那就是，重新把姚拴牢送进医院，最好一年半载不出来，或者永远出不来。

离机械厂不远处堆放了几块楼板，应该是姚拴牢以前扩建工厂的时候剩下的，现在正好成了大锁的床铺。大锁头枕菜刀，以水泥楼板为床，以冬夜寒风为被，以星空残月为伴，虎视眈眈地盯着机械厂的门口。大锁不知道盯了多长时间，眼睛慢慢地失去了光泽，后来就无力地合上了。

大锁是被上学的孩子摇醒的。在日月镇，不夸张地说，不怕大锁的人不多，但还是有。日月镇上的孩子就是一个例外。无论是谁家的娃，都很崇拜大锁，都以大锁为榜样，自然，也就整天围着大锁，锁叔长锁叔短地要求这要求那，同学之间吵架了，大锁就是法庭，一句话，说谁对谁就对；男同学欺负女同学了，小女生哭哭啼啼告到大锁跟前，大锁不用说话，只是看肇事者一眼，男同学立马就知道错了，立即心甘情愿地向女同学道歉，比学校老师的批评教育管用多了。所以，小镇上的小学生都对大锁很亲近，自然就很维护大锁的形象。他们发现躺在楼板上的大锁睡像很难看，鼻涕毛毛虫一样爬在嘴唇上，整个身体缩成了一团，完全没有一点英雄形象，就自动围了一个大圈，挡住了远处指指点点的大人们的目光。然后，他们小心翼翼地喊醒了大锁。从楼板上坐起来的大锁先是打了一个惊天动地的喷嚏，然后才感觉鼻涕流了下来。

锁叔，你是不是找钱袋子？日月镇上的孩子都管姚栓牢叫钱袋子。

大锁又打了一个喷嚏，看见他了没？

孩子们说，他看见你了，车都没停就又开走了。

知道去哪儿吗？

不知道，孩子们都摇头，只看见往镇东去了。

大锁知道姚栓牢去哪儿了，他朝孩子们笑了笑，笑得很天真，上学去吧，好好学习，和原来一样，考试前三名有奖。

孩子们叽叽喳喳走了以后，大锁才感觉到全身发抖，他摸了一下额头，知道自己发烧了。但好不容易有了姚栓牢的线索，大锁不愿就此打住，他从楼板上一跃而起，把菜刀夹在胳肢窝，急匆匆往大柳树方向而去。

二丫搭救姚栓牢

　　如果把郭一凡的办公室比喻为热锅，那二丫无疑就是热锅上的蚂蚁。二丫在郭一凡的办公室坐也不是，站也不是，她不停地在屋子里转圈。时间成了蜗牛，你急它不急，缓慢而气人。郭一凡离开很长时间了，按照二丫的推断，郭一凡肯定先去的医院，即使步行，医院离学校也只有二十分钟的路程。如果不出什么意外，姚栓牢达到自己的目的后，应该去镇政府向黑娃镇长撤诉了。只要姚栓牢开了口，黑娃镇长就能借坡下驴，大锁哥在今天晚上就可以放出来。

　　屋子越来越冷了，二丫停住脚步，才发现炉火已经没有了。炉火一旦灭了，生一次火炉是很麻烦的事，最起码浓烟得缭绕半个校园。二丫上学的时候，每年冬天，从老师门口散开的生火炉的浓烟能把教室变成寺庙。那时候老师们还用不起无烟煤，只要炉火升起，必定伴随着烟雾。现在堆在屋角破木箱里面的全是黑中发亮的无烟煤，如果炉火灭了，郭一凡老师晚上就要受冻了。二丫赶紧打开炉盖，先往炉膛里放了半张报纸，又扔了一些木屑，等火苗起来了，将煤放了进去。二丫看了看屋子，没有找见扇子一类的东西，只好从桌子上拿起一本书，在炉子底部的入风口扇了起来。虽然是无烟煤，从炉膛里升起的还是烟雾。二丫把郭一凡门框上挂着的发黑的白布帘挑开，好让烟雾从门口散发出去。就这样折腾了十几分钟，烟雾完成了使命，烟生火，等火苗弯着舌头从煤块的缝隙钻出来，并在炉膛上面探头探脑时，烟雾已经全部消失了。二丫正要放下布帘的时候，一个学生跑了过来，说，二丫姐，郭老师让我告诉你，大锁哥很快就能回家了。

直到这时，二丫才长长地舒了口气。有了大锁的消息，二丫不着急了，她环顾了一下四周，发现郭老师的屋子很脏、很乱，就从桶里倒了一盆水，收拾起了屋子。二丫从小就是一个收拾家务的好手，没有多长时间，屋子里已经焕然一新了。二丫最后封好火炉，又往地板上洒了点水，才走了出来。

天还没有黑，走出学校的二丫心里有些不踏实，她绕到了派出所的后面，正好看见大锁往镇外田地里去的身影。二丫张了张嘴，脑子里突然涌现出了镇子上人们的嘴，活生生把夺喉而出的话语压回了肚内。二丫紧赶几步，又停住了脚步。她知道，现在多一事不如少一事，上午大凤那么一折腾，二丫感觉到自己在寒冷的冬天一丝不挂地被暴露在了日月镇，现在自己肯定变成了人们嘴里的唾沫星。二丫无所谓，她不想再连累大锁了。如果没有自己，大锁就不会被关进派出所。

二丫靠在派出所的墙后边，眼睛一眨也不眨地盯着大锁，好像要把大锁装进眼眶。直到大锁的背影在镇外模糊了，二丫的眼里才莫名其妙地涌出了泪水。眼泪默默地流了一会儿，二丫又笑了，大锁哥出来了，应该高兴啊。日月镇在二丫一哭一笑之间，镇里镇外模糊成了一片。

那天晚上，回到家的二丫做了好多好吃的东西。就连平时舍不得吃拿去卖的鸡蛋也拿了出来，二丫擀了一大案板面条，切成不宽不细的韭叶状，又摸黑从屋后菜地里拔了一根蒜苗，用刀剁碎，然后又炒了一大盘鸡蛋，整个院子立即就被馋涎欲滴的香味笼罩了。这种香味让家里最近几天的不快和阴霾一扫而光，屋子里在吃饭的时候破例打开了电灯，看着爹和三顺子都把头埋进了碗里，二丫心情也好了起来。她站在院子里，看着满天的星星，还有那若隐若现的月亮，突然觉得自己家的院子竟然和郭一凡的屋子一样脏乱。二丫又开始忙了起来，她先是把屋子里和厨房统统清扫了一遍，又把厨房里的油盐醋罐擦洗了一遍，等到全部收拾完，爹和三顺子已经进入了梦乡。二丫看到，爹和三顺子肯定做了好梦，脸上都挂着笑。二丫关了屋子里的电灯，等整个屋子全部陷入黑暗以后，二丫无声地跪在了地上。爹瘦小的身影在床上模糊成一团，看起来是那么单薄和可怜，又是那么冷漠和遥远，二丫第一次在自己的家里有了陌生感。但家毕竟是家，爹终归还是爹，二丫弯下腰去，给爹磕了三个头。额头着地的瞬间，二丫的眼泪汹涌而出。

二丫走出家门的时候，月光下的日月街上空无一人，只有门口的柳树默默矗立，在守护着整个日月镇。小的时候，家门口的这棵柳树是二丫唯一的乐园，二丫已经数不清有多少次爬到树上去逮知了的经历。二丫不但经常爬门口的这棵柳树，镇里镇外的树都让二丫爬遍了。夏天的时候，几乎每棵树上都有知了蜕下来的壳，这个壳虽然轻得没有多少分量，但二丫愣是让几乎没有分量的蝉壳沉重起来，运气好的时候，一个夏天二丫摸下来的蝉壳能换来一个学期的学费。而数这棵柳树上的蝉壳最多。二丫想，能和这棵伴随自己长大的柳树永远在一起，自己应该知足了。

站在树下，二丫是笑着把绳子抛到树杈上的，当脖子托起全身重量的时候，二丫感觉自己成了柳树的一部分，真正地和柳树合而为一，身体飘摇成了一条柳枝。二丫的眼睛还没有来得及闭上，就听见门口噗通的一声，二丫看到了比自己死了还难受的情景，爹，还有三顺子，两个人直挺挺地跪在了家门口。二丫一急，两只手就抓住了绳子。

丫头，下来吧，二狗老泪纵横，爹不是人，爹再也不逼你了。

姐，你别这样，我不要工作还不行吗？三顺子从地上爬起来，抱住她的两条腿使劲往上托着。二丫闭上了眼睛，但爹的形象却在脑子中越来越清晰。她亲眼看见有一次爹拉纤的时候，路上一滑，爹跪在了僵硬的路面上。但爹并没有放弃，一步一步跪着止住了下滑的车辆。那天，爹拿着货主多给的五元钱，笑得天都不冷了。

二丫睁开眼睛的时候，已经是第二天上午了，她知道自己躺在自家的炕上，爹和弟弟围在身边，眼睛不眨一下地看着她。爹的眼睛一年四季眯缝着，看不出什么变化，但三顺子的眼圈全黑了，一看就知道一晚上没有睡觉。炕边，还放着半盘子炒鸡蛋。二丫知道家里再也没有鸡蛋了，而这盘鸡蛋，爹和三顺子大口大口地只吃了一半，而给自己留了一半。爹靠着柜子蹲在地上，二丫看见爹头顶的几根头发有气无力地趴在头顶，就像娘坟头的那几根荒草趴在荒芜的土地上一样。二丫没有动，眼泪又一次夺眶而出。

二狗看见二丫醒了，眯缝的眼睛里发出了欣喜的光，二丫感觉到那种光特别温馨、特别明亮，特别具有穿透力，一下子撞击在了她的心上。

丫头，爹不对，你别怪爹。二狗老泪纵横地说，二丫能看出来，爹是笑着流出眼泪的。

姐，我想好了，过了年我就出去打工，我是男人，我来养活你和爹。三顺子黑黑的眼圈里也流着泪。

二丫坐了起来，就在这个瞬间，她做出了一个决定，二丫是在看了爹和弟弟的眼泪以后做出的，二丫说，爹，是我太任性、太不懂事了。

二丫还没有说完，就看见姚栓牢走了进来。姚栓牢表情慌张，却强装镇定，他看着二狗一家人，勉强地笑了一下，却不说话。门外紧接着传来了脚步声，大锁手握菜刀跟了进来。事情发生得太突然了，大锁一看见缩在屋角的姚栓牢，就举起了菜刀。二丫家的屋子很小，小得站了几个人就没有插脚的地方。姚栓牢实在没有躲的地方，情急之下跳上了炕，躲在了二丫的后面。

大锁站在地上，用刀指着姚栓牢，你下来。

姚栓牢不说话，更紧地靠紧了墙壁。大锁的刀在空中劈了一下，没有够着姚栓牢，大锁往炕前靠了靠，又举起了刀。大锁没想到二丫突然坐了起来，要不是大锁反应快，菜刀从空中划过的时候，就擦在二丫的脸上了。大锁吓了一跳，这才收回目光，看着二丫。

大锁哥，放过他吧。二丫迎着大锁的目光，哀求道。

不行，大锁喊道，放过他还会找你事的。

二丫望着大锁，跪在了炕上，也挡在了姚栓牢的前面，大锁哥，我已经答应嫁给他了，你砍了他，让你妹子还没结婚就死男人不成？

屋子里一下子寂静了，所有人都面面相觑，眼睛聚在了二丫身上，只有姚栓牢，眼睛里露出了喜悦的光。这次不是郭一凡说的，而是二丫亲口说的。

你是不是发烧了？大锁看着二丫，他看见二丫眼睛里没有悲伤，她的目光很坚定，好像早就深思熟虑过了。屋外的麻雀叫成了一片，声声入耳，大锁突然想起来自己还在发烧，自嘲地又说了一句，我以为你发烧了。看起来你没发烧，是我发烧了。大锁浑身酸困，没有了一点儿力气，菜刀从大锁的手里掉在了地上，大锁慢慢地转过身，一步一步向外走去……

大凤离开了日月镇

  已经好几天了，也许一周了，大凤一直没有去上班。她不想看见姚栓牢，也就再不愿去机械厂了。眼里虽然看不见了，脑子里却挥之不去。令大凤生气的是，自己不去姚栓牢也不问原因，哪怕安排一个人来家看看，打个电话问问也行啊。好像她不是机械厂的人，或者说，有她没她无所谓。这让大凤本来愤怒的内心变得更加失落，她突然觉得在别人心里其实自己什么都不是。大凤恨透、也看透了姚栓牢这样的人，气愤时，她恨不能马上让大锁去宰了他。但当大锁真的提着菜刀冲出家门的时候，她又感到了一种不舍和后怕。在这种极其矛盾的心理中，她还是给黑娃镇长打了电话。他知道，大锁一旦犯起二来，只有黑娃镇长才能震得住。

  家里空荡荡的，没有办公室家长里短的笑声，没有供货商唯唯诺诺的恭维声，没有姚栓牢抑扬顿挫的讲话声，更没有了日月镇上人们羡慕的目光。大凤不知道她对姚栓牢是该恨还是该留恋，这个昔日日月镇上第一个穿喇叭裤、烫波浪卷的二流子，曾经烙印般地激荡过一个少女的心。可恨的是，从上学的时候起，姚栓牢好像就看不见自己，他那流里流气的口哨、嬉皮笑脸的表情只针对二丫一个人。她曾无数次看见姚栓牢跟在二丫的身后吹着口哨，长长的卷发在硕大的脑袋上随风飘扬，那样子帅极了。大凤也曾有意把自己放了单，一个人走在放学的路上，但迎面而过的姚栓牢竟然一本正经，连头也没偏一下，更别说向她投来坏坏的目光了。姚栓牢和她的目光对视只有一次，那几天二丫生病了，没有来上学。姚栓牢在学校门口站了几天，有一次终于向她走了过来，大凤的心莫名其妙地跳动了起来，姚栓牢走得越近，心跳就越快。大凤没有想到的是，走到跟前的姚栓牢开口问自己的第一句话就是，这几天怎么不见二丫上学？大凤为此在心里恨透了二丫。但在表面上，她和二丫好得就像一个人，只有她知道自己心里的小九九——只有和二丫在一起，她才能经常看见姚栓牢的身影。当大锁一脚把姚栓牢踹下断崖的时候，她的第一反应是该让姚栓牢长点记性了，但这个念头刚一闪现，她就控制不了自己，飞一般地跑下了断崖，喊来了郭一凡，把姚栓牢送到了医院。姚栓牢还算一个知恩图报的人，当毕业以后的大凤提出进机械厂时，尽管那时候机械厂还没有改制，还不是姚栓牢的，他只是个承包者，还是二话不说就把她招录进去，并且把她安排在了人人羡慕的采购科。那时候的大凤，对生活充满了美好的憧憬。

　　大凤没想到姚栓牢不但是个属狗的，而且还是条贱狗，送到嘴边的鲜肉看不见，却总是忘不了吃屎。多少年过去了，身价百万的姚栓牢还是对她这个醋老板视而不见，而对那个卖醋的打工妹念念不忘。一个全县闻名的大老板三十多了不结婚，视身边无数花枝招展的女人而不见，矢志不移地死缠烂打一个镇上最穷的灰姑娘，大凤一直想不通为什么？！

嫁给大锁是个正确的选择，当心目中最好的东西无法到手，聪明而明智的选择就是找一个与此对应的天敌，只有这样，你才有和你心中的"孽缘"对话的权利和资格。这是大凤切身的体会。她不相信姚栓牢对自己不动心，姚栓牢只是惧怕大锁，有时候大凤觉得自己在姚栓牢心中，既有一种捧在手上、含在嘴里的珍惜，又有一种食之无味、弃之可惜的冰火两重天的感觉。这就让大凤和许多整天打扮得花枝招展而只为让姚拴牢看一眼的女人有了区别，就是从姚拴牢身上获得了对于女人难得的一份尊重。大凤却恨死了这份尊重。一个男人一旦对一个女人表现出一种尊重，就等于向这个女人说明，我对你不感兴趣。每到这个时候，大凤又会觉得自己报复性的婚姻选择是错误的，是对自己的不负责任，更是对姚栓牢的误读。大凤常常审视着自己妙曼的身体，自信自己就是姚栓牢感兴趣的女人。有兴趣却表现得很节制，无疑是对自己的一种自残，在这一点上，大凤有点心疼姚栓牢，男人都太压抑了，成功的男人更是如此。每当大锁在床上对自己迫不及待时，这种想法就愈发强烈，强烈到让大凤觉得自己应该为心里在乎的男人做点什么。最直接的表现就是大锁想要什么，她就偏不给他什么。虽然作为夫妻来说，这种做法有些荒唐，甚至不近人情，但大凤却做到了——比如，自己的裸体。

大凤也曾尝试去除姚栓牢心里对大锁的恐惧，比如在姚拴牢喝多的时候，她把他弄到自己和大锁的床上，这样做的结果适得其反，不但没有淡化，反而让姚栓牢对大锁的恐惧愈加强烈。每次姚栓牢一睁眼，就惊慌失措、魂飞魄散地匆匆逃离。这多少让姚栓牢的形象在大凤的心目中大打折扣。如果这个世界上有一种最不可捉摸的动物，大凤认为非女人莫属。不管姚栓牢怎么对自己，她对姚栓牢的感觉却永远那么莫名其妙、毫无道理。大凤不知道这是一种赌气，还是一种占有欲和控制欲。厂里的女人都说，没有不吃腥的猫，男人都不是好东西，女人之于男人的妩媚就在于身体被占有前的那一段重视与猴急。大凤想，自己对姚栓牢可能就属于这种心理。不过不是姚栓牢对自己这样，而是自己对姚栓牢如此。但这只是一种推断式的结果，要想把推断的"结果"变为现实，首先要有实实在在的过程支撑。现在的情况是，大凤苦心筹划了这么多年，他和姚栓牢之间的感情却无法进入到过程这个环节，结果就更无从谈起。

在日月镇最中心的地带，有这么一座不算小的院子，曾经是大凤最骄傲的事。如果连自己家算进来，大凤在黄金地带就有两座院子，也就是说，在日月镇，有些事是天生的，比如自己，出生在这么一个金贵的地方，天生就有别人不可比拟的优越感。时间长了，大凤才觉得，这座寸土寸金的院子就像身上的衣服一样，有人欣赏、有人喝彩才能体现出价值。就像现在这样，不管大锁在不在，满院子都是大锁的影子，而他最希望出现的身影却踪影皆无。大凤烦躁地来到了屋前的醋坊。自从二丫走了以后，醋坊基本处于关闭的状态。即使开门，也没有了以前的风光和气场。大凤心里明白，二丫之所以受全镇人的欢迎和青睐，除了长相甜美，更重要的是，做的醋酸中带香，令人回味。别人不说了，没有了二丫的醋，大凤觉得自己家的饭菜都没有以前有味了。

大凤却不后悔。

二丫即使不走，她早晚也是要赶她走的。本来把二丫留在醋坊，就是因为她发现姚拴牢对二丫贼心不死，把二丫放在自己的眼皮底下，既免了大凤的后患，又有了一个姐妹情深的美名。让大凤措手不及的是，二丫已经深深地和这个醋坊融为一体了，即使二丫离开了，在自己家的醋坊里，也到处飘荡着二丫的影子。大凤拿起盛醋的勺子，在空中狂舞，想把二丫的影子赶出去。没用，即使她用尽了全力，二丫的影子仍然无处不在。二丫就像醋坊的魂魄，自己这个主人倒显得像外人一样。有几个拿着醋桶的小伙子，在醋坊门口探了一下脑袋，嘴里嘟囔一句"人怎么还不在"？就拿着醋桶到别家去了，好像大凤不是一个人，或者在小镇人的印象中，二丫才应该是醋坊的主人。

别人还好说，大锁回来后，看见她也好像没有看见一样，直接进了屋，倒头睡到了床上，大凤追进去刚要问问情况，大锁已经用被子蒙住了头，把大凤隔离在了自己的视线以外。大凤觉得自己被整个日月镇抛弃了，厂里有她不多，没她不少；家里无视她的存在；她一直芳心暗许的那个人，也要和别人结婚了。就连自己已经住了快一年多的整个院子，也和自己显得是那么陌生。大凤想发火，想把大锁从床上拎起来。但她是个聪明人，她从大锁的脸色上知道现在不是发火的时候。她想再去找二丫发泄，但她明白，这时候的二丫，已经成了姚拴牢的新宠，如果在大庭广众之下，再被姚拴牢因为二丫羞辱一顿，将是她无论如何也无法面对的事。

仇恨就在这时候充塞了大凤的头脑，并在她的心里埋下了深深的印记。大凤恨这座院子，恨这个吃里爬外的醋坊，恨那个自己委身几年的大锁，恨害了自己一辈子的姚栓牢，也恨这个自己从小长大的日月镇。仇恨像一团熊熊燃烧的火焰，在这个寒冷的冬天烧得大凤无处可躲，大凤决定远离仇恨。

　　离开是为了扬眉吐气地回来。

　　只背了一个挎包的大凤出走的时候，有意从镇东经过。在二丫家的门口，她看见了那辆日月镇上最好的小轿车，此时正停在柳树下。柳叶在寒风的吹拂下，在轿车上空飘来荡去，大凤觉得这是对自己的公然挑衅。挎包从肩头滑落，被大凤抓在了手上，大凤在离开日月镇的最后一个举动，就是用尽了全身的力气，甩动挎包向轿车上方轻飘飘的柳枝砸去。看着柳枝被砸得四处乱躲，大凤张开口，吐出了一大口白色的气体，小婊子，你等着，我会回来的！

下　雪　了

　　这是冬天的第一场雪，是在腊月三十下起来的。

　　是那种鹅毛大雪，漫无边际，纷纷扬扬，先是把日月街变成了黑色。雪是白的，街道是黑的，日月镇上就开始了一场黑白争夺战。白色的雪花不停地从空中落下来，一落到地上，就被黑色融化、化为无形了。白色的雪花却没有胆怯的意思，一个个仍然争先恐后、前赴后继地以身试险。渐渐地，黑色的街道上蒙上了一层白，到最后街道完全被白色占领了。不只街道，整个日月镇都被白色覆盖了。

　　雪越下越大，这是近几十年以来日月镇下的最大的一场雪。无数弱小的雪花集中在一起，把日月镇禁锢了，使得整个日月镇都动弹不得。这可能是日月镇最后一个春节了，日月镇要拆迁的消息是和雪花一起飘下来的。原来只是传言，现在布告就贴在镇政府的门口，据说，是黑娃镇长亲自贴上去的。黑娃镇长一般不亲自动手，能让镇长亲自动手，足见此事的重要性和不可逆转性。黑娃镇长刚把布告贴好，站在布告前的人就感觉脸上、脖子上有些凉，人们把毫无防备的目光投向天空，这才发现刚刚还毫无征兆的老天不打招呼，雪花就铺天盖地地下来了。日月镇拆迁的消息就这样伴随着雪花，落在了日月镇每一寸土地上，落在了日月镇每一个人的心上。人们纷纷而散，躲进了一个个家门，又把大门紧紧关上，企图让一块门板把自己家和日月镇隔绝起来。

这是几十年以来到了大年三十，每家每户门口还没有迎新春联的一年。街上也没有一个小孩，没有孩子的街上就没有鞭炮的声音，以及过年的喜庆和年味。只有雪花，在空无一人的街道上肆无忌惮地撒欢舞蹈。陪同雪花乱舞的，就是那棵在日月街上生长了几十年的镇东的大柳树。柳树起先也是沉默的，在漫天飞舞的雪花中一动不动。后来雪花不再不紧不慢，变成斜线直刺下来。柳枝只好随着雪花在日月镇上无奈地东摇西摆。

日月街上的禁锢是被姚栓牢的小轿车碾开的。

大年初一的街道上仍然空无一人，这就使街道宽阔了许多。姚栓牢开着车，在街道上缓慢地行驶，他一边开一边将目光穿过窗玻璃，看着街道两边。一想到再过不了多久，整条日月街就是自己的了，姚栓牢就有一种走在自家街上的感觉。那种说不出的舒坦使得姚栓牢情绪高涨，以后，在这条街上，他想怎么样就怎么样，就像现在开车，他想怎么开就怎么开。姚栓牢双手离开了方向盘，从衣兜里寻找香烟。他觉得现在如果不抽一支烟，简直就浪费自己的心情了。费了好大劲儿，终于把烟掏了出来，姚栓牢才发现，车的换挡杆旁边就放着烟和打火机。真是高兴糊涂了，姚栓牢无声地笑了一下，摘掉皮手套，拿出一支烟点燃了。姚栓牢点燃烟之后狠狠吸了一口，才抬起了头。等到姚栓牢看见车偏离了方向时，已经来不及纠偏了。所幸车速不高，小轿车的左前胎滑进了路旁的排水沟。

日月镇上原来是没有排水沟的，秋天雨多的时候，整条街道上污水四溢。黑娃镇长安排了几次，让每家每户掏钱修一条排水沟，响应者寥寥。那是黑娃当镇长以后安排的事第一次受阻，黑娃的脸上一个多月就没有了晴天。就在黑娃为自己的颜面苦恼的时候，姚栓牢拍了胸脯。姚栓牢拍的是胸脯，掏出的却是真金白银，据说是他一年的利润。面对黑娃无言却感激的目光的时候，姚栓牢只说了一句话，钱算什么？我要让整个日月镇的人知道，只要黑镇长说出口的话，不管错对，一定会变成事实。当时黑娃听了，也只说了一句话，我没有看错你。姚栓牢觉得，有了这一句话，所有的付出都值了。现在，姚栓牢的一沓沓钞票早就变成排水沟几年了，这为姚栓牢在日月镇上赢得了有良心的企业家的口碑。这件一举三得的事一直被姚栓牢誉为自己的得意之作，没想到今天，却拦住了自己的去路。姚栓牢下了车，一下子头疼了，厂里已经放假了，只留了一个看门的老头，镇上的人都被雪花藏起来了，大街上连一个人影都没有。更让他头疼的是，小轿车早不陷晚不陷，正好陷在了大锁家门口，拦住了大锁家的出路。小轿车姚栓牢有好几辆，以前也曾发生过这样的事，一个电话，一支烟的工夫，另一辆小轿车就把姚栓牢接走了，出事的小轿车自有人拖上来、修好，再开回来。今天这个事，要在别人家门口还好说，偏偏是大锁。处理不好，有可能被大锁误解为有意找碴。姚栓牢不想在大年初一影响自己的心情，趁着大锁没发现，姚栓牢拿出了自己的大哥大，九百兆的，日月镇上只有两个，另一个在镇长黑娃手中。他拨通了二狗家的电话，这是姚栓牢给新装的。二狗好像蹲在电话机旁，等着接电话似的。一声还没响完，二狗的声音就传了过来。姚栓牢说，叔，让二丫接一下电话。过了好一会儿，姚栓牢才听到了二丫的声音。

姚栓牢说，二丫，我的车掉在下水沟了。

二丫不吭气。

姚栓牢又说，把大锁家门给堵了。

二丫这才说，你真会选地方。说完就挂了电话。

姚栓牢已经听见了大锁家过道里传来的脚步声，愈发急了。所幸，姚栓牢看见街道东头的柳枝动了一下，上面的雪花纷纷落了下来，紧接着就看见二狗和二丫急急地跑了过来。姚栓牢回过头，看着已经站在门口皱着眉头的大锁，暗暗地长舒了一口气。

路太滑了。姚栓牢冲着大锁笑了笑。

不是故意的。姚栓牢又冲着大锁笑了笑。

大过年的，你别生气。姚栓牢再次朝大锁笑了笑，过几天，我给学校捐赠课桌，欢迎你去看看。

姚栓牢笑了三次以后，二狗和二丫已经站在了面前，姚栓牢这才感觉到脊背上已经湿透了。

大锁看着嘴里喘着粗气的二丫，又看看二丫跑过的脚印。日月街上由东往西，厚厚的积雪上只留下了两行脚印，一行是二狗的，一行不用说是二丫的。大锁能从脚印里感觉到踩踏它的人的急迫程度，而这种着急，是为了姚栓牢。

大锁感觉到心脏疼了一下，脸上却笑了，笑了的大锁对着二丫，对着二狗，也对着姚栓牢说，我去招呼人，把车拖出来。

大凤巧遇三美

　　火车终于停了下来,列车播音员的声音和电视机里的声音一样:各位乘客,老城到了,有在老城下车的旅客请注意。老城对大凤来说,就是一个梦,这是大凤第二次来老城了。第一次还是她做采购员的时候,跟着姚栓牢一起来的。只不过那次是坐小轿车来的,姚栓牢亲自开车,乘客只有大凤一个人。那是大凤预谋已久的一次出差,虽然没有达到目的,但老城的繁华就像年画一样印在了大凤的脑子里。尽管来之前,她对老城有过各种各样的想象,但在耳濡目染之后,大凤才知道,一个大都市的好是想象不出来的。街道是那么宽,下雨都不怕,可以穿着皮鞋上街;车是那么多,一辆接一辆,数都数不清;人是那么的匆忙,一个个都急匆匆的,大凤不知道他们那么急赶着去哪里,四面都是高楼大厦,看一眼就晕,大凤觉得自己站在城市的街道上,卑微得就像街道上偶尔残留的一个烟头、一片纸屑,没有任何人注意。缩在街道的公共汽车站旁,大凤呆呆地看着快要插到天上的高楼,痴痴地想,要是我在老城有一块属于自己的地方，这一生就值了。因为是跟着姚栓牢一起来的，所以那次并没有给大凤多少感慨的时间。大凤只看到，在日月镇不可一世的姚栓牢，融入大都市的街道竟然和自己一样平常，大街上居然也没有一个人认识他。不但没有人认识，在姚拴牢不小心和对面的行人相撞之后，那个穿着只有女孩子才穿的大红衬衣的长头发竟然对姚栓牢怒目相视，而姚拴牢满脸毕恭毕敬，一声接一声地说着对不起。那时候大凤就想，什么时候姚栓牢也这样对自己就好了。没想到等到现在，她已经第二次来老城了，也没有等来姚栓牢真心真意的一句话。

火车站的人多得就像酿醋时醋缸里的醋糟一样，等待着过滤。和大凤一起拥出车站的人很快就被过滤完了，只剩下了大凤一个人，离出站口不远处，全是或坐，或躺，或站着的陌生人。大凤茫然地站在出站口，眼前的路四通八达，大凤却不知道往哪里去。大凤与其说是一气之下离开日月镇，还不如说是心中早就对城市有一份希冀和憧憬，直到坐上火车的时候，她的目标仍很清楚，她非常明白自己要去老城。现在，老城在自己脚下，大凤却不知道她要去老城哪儿——老城太大了。就在大凤犹豫不定的时候，她感觉被人撞了一下，回过神来的大凤看见撞他的是一个年轻男人，红衬衣、牛仔裤，长长的头发几乎遮住了半边脸，像极了年轻时候日月镇上的姚栓牢。当初，姚栓牢就是靠着这一身装扮横冲直撞地进入了大凤的心，进来后就再也没有出去过。大凤看着眼前的长头发，也想像姚栓牢一样说一声对不起，长头发却没有给她这样的机会，她甚至都没有看清长头发的面容，长头发就留下了一句"土妞"扬长而去了。

大凤看着长头发的背影以及在肩头飘荡的长发，脸色红了。长头发不说，她只惊讶于城市人的时尚和新潮，并没有和自己联系起来。长头发的话把她和城市里的人对比了起来，她才发现，在镇上骄傲得像一只刚下了蛋的母鸡的自己，随便和周围的任何一个人比起来，都只像一只没有见过世面的土鸡，不只穿着土气，气质更逊。虽然来的时候，她穿上了自己最好的衣服。这种发现使得大凤的头在城市寒冷的风中很快低了下来，她不敢看周围的人，不管男人女人，还是老人孩子。她觉得他们都在用一种蔑视的眼光看着自己。大凤真正在人山人海的人流中感到了孤独和无助，这种感觉比深更半夜待在空无一人的坟地更要命。坟地里只能让人脊背发凉，而熙熙攘攘的城市却让人感到心里发颤。这次的老城之行和上一次太不一样了，第一次的老城留给了自己无尽的诱惑，这次老城之行却让自己有了异乡人的感觉。诱惑依然，但和自己没有交集。大凤想回去了，日月镇虽然和老城不能比，但总归有个自己的家。这种想法使得大凤怀着对老城的怨气又回到了火车站。也许她和老城的缘分还没有尽，一直到了售票窗口，大凤才发现她已经身无分文了，那个下了火车还被她攥在手里的钱包不翼而飞了。刚才还在心里发颤的大凤一瞬间整个身体都发起抖来，那种大白天带来的恐惧远比夜晚来得猛烈，冷汗不可抑止地倾泻而出，大凤就像在冰冷的城市的火车站洗了一个澡，全身冒着热气。很快，她被排队买票的人流挤了出来。站在人堆里的大凤，这时候真正有了喊天天不应叫地地不灵的感觉。

晚上大凤是在火车站度过的。

候车亭里已经人满为患，大凤想起了自家地里曾经种过的土豆，一个挨一个紧紧挤在一起。候车亭里的人简直比土豆还要挤，廉价香水味、汗臭味、口臭味以及充塞在空气中一些说不清的气味混杂在一起，直往大凤的鼻孔里钻。大凤抿紧嘴巴、咬着牙坚持着。但大凤很快就发现自己无法坚持了，一只手，或者是两三只手，一会儿在大凤的屁股上抓一把，一会儿又在大凤的胸脯上碰一下。周围有男人，也有女人，但不管是男人，还是女人，没有人看她一眼。大凤找不到发泄的对象，即使找到了，大凤也不敢像在日月镇一样为所欲为。大凤拼了命似的挤出了人群，也挤出了候车亭。尽管外面也到处是人，但毕竟比候车亭松散多了。大凤找了一处墙根蹲了下来。虽然旁边全是不认识的人，身无分文的大凤累了，她很快进入了梦乡：大锁还算有良心，疯了一般地在人群中钻来钻去，到处找她。梦是反的，梦中的大凤咬住嘴唇，一言不发。她怕她忍不住发出声音，暴露了自己。每当大锁的目光在人群中横扫过来，大凤就低下了头。她多希望来的人是姚栓牢。即使在梦中，大凤也知道，姚栓牢是不会来的——因为，她现在待的地方就不是姚栓牢应该出现的地方。

　　大凤是被人摇醒的。睁开惺忪的睡眼，一张浓妆艳抹的脸出现在眼前。从离开家一直到现在，这是大凤见到的唯一一张有些似曾相识的脸蛋了。

　　大凤姐，真的是你啊？那张火红的嘴唇夸张地变化着。

　　大凤虽然期待但却疑惑地看着她，你是？

　　三美，火红火红的嘴唇一张一合，我是三美啊。

　　在日月镇，人们有可能不知道镇长是谁，但一定知道日月街上的三朵花。三朵花均匀地摇曳在日月街，二丫住在东街，是个平民集中的地方；三美住在西街，大多是有工作的人；大凤住在中街，周围全是做生意的人。三姐妹中，大凤泼辣，二丫软弱，三美腼腆，三姐妹构成了日月街不一样的风景。初中三年级或者是初中二年级，三美就从学校消失了，大凤找过，二丫哭过，三美这朵从小就摇曳在日月街上羞涩的花好像随风去了，再也无影无踪。一晃好多年过去了，三美已经成了日月街上的一种记忆，只在大凤的梦里出现过。

大凤来到老城，其实就是在做一场梦，一场针对姚栓牢的梦。当梦中的情景在举目无亲的老城的早晨出现时，大凤的眼泪一下子汹涌而出，大凤死死地抓住三美的胳膊，就像在老城的汪洋大海中抓住了一根稻草。

三美，真的是你？大凤又揉了一次眼睛，再次确认了眼睛没有骗她。刚刚醒过来的火车站，每个人的嘴里都挂着雾气，大凤嘴里的雾气直向三美喷薄而来。

三美侧了一下头，躲过了大凤喷出来的雾气，大凤姐，是我，是我啊。你怎么睡在火车站了？

大凤不想纠缠在这个问题上，这个问题越纠缠不清，越影响自己在三美心中的形象。何况，大凤还有更重要的事情要解决，三美，我饿了。大凤说，你能先带我去吃点东西吗？

三美带着大凤从街边一溜溜小饭店走过，每个小饭店都热气腾腾地向大凤招手。三美却看也不看，头也不回地只管往前走。大凤偷偷吞着口水，乖顺地跟在三美身后，就像一个没长大的小孩子跟在家人身后一样。

二丫嫁给了姚栓牢

　　大凤离家出走有一段时间了，具体多长时间，大锁没有计算，也不愿细想。一想头就痛。原来在的时候，老觉得碍眼，心里甚至偷偷地有些烦；一旦真正只剩下了自己一个人，日月镇上的夜就格外长，格外静。大锁常常一个人躺在床上，也不开灯，任时间和黑夜像水一样流过。水里面一会儿浮现出大凤的影子，一会儿浮现出二丫的面容。两个人次第出现，一会儿你是你、我是我，一会儿又合而为一，难分彼此。几乎每个夜晚，大凤和二丫都要在大锁的梦中纠缠。大锁怕她们纠缠，又期待着她们纠缠。自从大凤走后，大锁的院门和屋门从来没有上过锁，晚上也一样，大锁也不知道是在等大凤回家，还是在等二丫……

　　头脑清醒的时候，大锁警告自己，二丫是妹妹，比亲妹妹还亲。大锁也承认，他和二丫的兄妹情分有时候竟然比和大凤的夫妻情分还要让人牵肠挂肚。也许是大凤强悍惯了，走到哪儿都不会吃亏，而二丫就不一样了，柔柔弱弱的，天生就要让人呵护。

呵护的结果就是二丫嫁给了姚栓牢，嫁得无怨无悔，嫁得义无反顾。即使大锁再不情愿，他也不能说二丫嫁错了。姚栓牢无疑是日月镇上最有钱的人，更是镇上未婚女性梦寐以求的天堂。女人活一生为什么，不就是有钱、有房、有车、有脸面吗？而这一切，有钱是基础。钱可以让人有头有脸有尊严。在日月镇上的人看来，二丫天生就是个有福的命，这不，不用急不用忙，有钱的姚栓牢一直在前面等着呢。只是，大锁心里一直在纠结，往后有了姚栓牢庇护的二丫还会需要自己的保护吗？想到这里，大锁就有了一种要失去二丫的感觉。二丫已经成了自己生命中不可或缺的一部分，或者说，他从来没有想过没有二丫的日子会怎么样，大锁觉得二丫的影子无处不在，院子里、屋子里、眼睛里和心里。但却又看不见摸不着。无数次这样醒了，发半天愣，又迷迷糊糊地进入梦乡。无数次希望变成了失望，再把失望没有逻辑地蜕变成希望。

　　白天的日月镇和自己没有关系，生意也没有心思做了。没有了大凤和二丫的大锁只属于黑夜，只有黑夜来临的时候，大锁的心里才是踏实的。天还麻麻亮的时候，大锁就躺在了床上，看着屋子里的光线一点点退去，屋子里熟悉的家具在眼前慢慢地变得模糊起来。大锁很享受这个过程，由亮变暗的过程，是希望在心中逐渐膨胀的过程。大锁不知道自己在希望什么，也许，没有希望的希望就是最大的希望；也许，希望就藏在黑夜中，需要他去等待、发现。一直等到眼皮困了，大锁就又把希望带进了梦中。

零点，或者再晚一些，大锁看见屋门无声地开了。月光，应该是月光洒了进来，漫了一地。洒在地板上的，除了月光，还有一个人影，女人的身影。大锁眨了眨眼睛，看见大凤站在门口，无声地望着他。一个多月不见，大凤明显地瘦了，站在门口，显得是那么柔弱，那么无助，大锁甚至看见了大凤脸上无声滑落的泪珠。原来的强悍没有了，有的只是哀怨，楚楚可怜。大锁的身体在一瞬间复活了，看来，只要心怀希望就不会失望，大锁几乎从床上跳了起来，老鹰扑食似的把大凤卷在了怀中。当大凤的脸庞和他的胸膛紧紧地贴在一起的时候，大锁有一种失而复得的慰藉。离开家的日子，大凤受了多少委屈啊，脸上的泪水在自己结实而宽阔的胸脯上爬成了蚯蚓，毛毛虫一样抓挠、撩拨着自己的神经。大锁和大凤两具白花花的肉体很快纠缠在寂寞已久的宽大的床铺上。

　　久别胜新婚已经不能形容此刻的欲望和心情，尽管两具肉体已经紧紧地贴在了一起，两个人还是在对方身上疯狂地寻找着，寻找那种久违的熟悉和陌生。大锁和大凤结婚前，大凤就一直掌握着两个人在床上的主动权。这种主动经过婚姻的演练，愈发老练和霸道。毕竟有一个多月没见了，熟悉的身体因为有了陌生感而倍感新鲜、刺激。大凤刚开始还羞羞答答的，因为有了夜色的掩饰，很快就恢复了本性，变得热烈而又奔放。只不过一个多月没见，倒好像有几十年的思念和分离似的。

　　缠绵的时间总是过得很快，浓浓的夜色给缠绵发了通行证，反复缠绵是很必然的事。大锁只能在缠绵中感受大凤：大凤吃苦了、受罪了。虽然不知道吃了多少苦，受了多少罪，仅仅一个月的时间，那在自己双臂之间扭动的身体明显地消瘦了。身体上散发出来的味道也变了，少了化妆品的味道，而多了几分原始的日月镇上的味道，就像那棵柳树散发出来的气味，散淡而又浓郁。可惜的是，大凤把头紧紧地偎在了他的怀里，好像怕失去他一样，一分一秒也不愿分开。大锁看不见大凤的脸，却能感觉到那脸上依然在流淌的泪水。从大凤进屋，她脸上的泪水似乎没有断过，大锁想用嘴唇吻去她脸上的泪水，却无法把她的头从胸前移开。大锁能做的，只是一次又一次用手在她的头发上、肩部、背部抚摸。

大锁忘了是什么时候睡过去的，可能是在他的身体里没有一丝力气之后，他疲惫却又心满意足地进入了梦乡。梦中，他清楚地看清楚了大凤的脸，白皙、圆润、光滑，就像二丫的脸蛋一样。

大锁是被唢呐声和鞭炮声吵醒的。唢呐声很霸道，无孔不入地挤进了房间，和已经充满了屋子的光线争夺着空间。屋门是闭着的，屋子里的一切和昨天晚上临睡前没有两样，床头上放着打开了的香烟，以及烟灰缸里抽过的烟蒂，屋子里似乎还有淡淡的烟草的味道，再就是空荡荡的屋子以及床上孤零零的自己。被子揉成了一团，大锁知道自己又做梦了。这样的梦他不知道已经做过多少次，每次早晨起来，留给他的是更甚的寂寞和失落。

天亮了，梦醒了，又有人娶亲了，世事就是如此，有人痛苦，就有人高兴。嫁人的家里又少了一个人，大锁家里没有出嫁的人，却和出嫁的人家一样少了人。欢快的唢呐声一声声撞击着耳膜，大锁躺不住了，他从床上爬起来，胡乱地把衣服裹在了身上，脸也没洗就走出了家门。日月街上站满了人，全是镇上的街坊邻居，每个人都兴高采烈的，好像结婚的是自己。新娘是被宝马车接走的，大锁走出院门的时候，日月街上仅此一辆的宝马车正好从家门口驶过。婚车开得很慢，也许是故意的，透过半开的车窗，大锁看见二丫身穿一件鲜艳的红衣坐在车里。二丫的脸上本来是没有表情的，看见大锁的时候，竟然满脸堆满了笑容。大锁心里一颤，好像有刀从心头划过。二丫白皙的面容在红色上衣的映衬下，美艳动人。大锁一下子觉得自己的心就像空荡荡的屋子和院子一样，孤零零而又空落落的。直到这个时候，大锁知道自己再也伪装不了了，二丫一直珍藏在自己的心中，现在，心中的珍宝弃他而去，笑嘻嘻地坐在了别人的宝马车里，他的心空了。

车已经过去一段了，街上的人也都散了，就连弥漫在空气中的鞭炮的硝烟味也随着宝马车远去了，大锁能闻到的，只是从家里、从院子里、从屋里散发出来的浓浓的醋味。醋仙子走了，以后家里不会再有醋味了，即使有，也不是纯正的醋了，离开了二丫的醋还能是醋吗？大锁不愿再站在门口被人耻笑了，他看到，有几个妇人站在旁边，正在偷偷摸摸地对着他指指点点，这在以前，是不会有的事，大锁不愿和她们计较了，他回过头，慢慢地向屋子里走去。他的目光恍恍惚惚，眼睛看到哪里，哪里就有二丫的影子。二丫是和这个院子融为一体的，没有了二丫的这个院子就没有了魂，大锁觉得自己浑身像被抽了筋一样，好不容易走进了屋子，满屋还是二丫的味道，他知道这是幻觉，但他宁愿相信这是真的。有时候，自我欺骗就是自我安慰，大锁觉得最起码在眼下，它能给自己带来一丝慰藉。这种感觉使他觉得二丫并没有走，二丫还在。大锁在这个时候，才感到了自己的脆弱、无力，他只想躲到床上去，床是最终的归宿。大锁一步一停顿地挪到床边，拉开在床上扭作一团的被子，想把这个残酷的现实和这个屋子里的味道统统隔绝在外面。他的头还没有挨着枕头，眼光却被拉直在了床上，大锁战战兢兢地瞪大眼睛，心惊肉跳地往床上看去，柳枝婆娑的床单上，一片猩红的血迹太阳般绽放在床单上。

郭一凡调到了镇政府

郭一凡这几天眼皮一直跟着风向跳动，东风来了左眼皮跳，西风来了右眼皮跳，好不容易风停了，正当他不知道是福是祸时，两个眼皮却同时跳了起来。眼皮跳动的频率就像心思，把郭一凡折腾得七上八下。校长见了他，脸上就堆满了褶子，校长甚至在校务会上点名表扬了他，说他为学校解决了大问题，为日月镇的教育事业做出了不可磨灭的贡献。校长甚至说，若干年后，我们这些人都不在了，都被遗忘了，但"郭一凡"这个名字却会永远流传下去。这些话郭一凡听了当然很高兴，但郭一凡眼巴巴地盼着校长后面的话，校长却不说了。不但不说了，而且副校长的事以后再也没有提起过，好像压根就没有这样的事。校长有时候是有些健忘，但郭一凡知道，校长只忘记应该忘记的事。面对装聋作哑的校长，郭一凡恨得牙都痛了，表面上却没有表现出来。他觉得自己把事情想得太简单了，像副校长这样的人选，校长一个人同意是远远不够的，除了县教育局，主要还要镇长黑娃的首肯。镇长见了他就像看着镇上的一砖一瓦,一草一树,看似饱含感情,其实司空见惯,心如止水。怎样才能让心如止水的镇长黑娃真正从心里对自己饱含感情,郭一凡觉得单靠自己的力量不够,必须要有一座桥,把自己和镇长联系起来。在整个日月镇,能坐在镇长面前并且敢跷起二郎腿、唾沫星子乱飞的,只有姚栓牢一个人。

一想起姚栓牢,郭一凡头就疼。那是一个商人,明目张胆地显示着六亲不认的嘴脸,和他打交道,一切都要按做生意的规则进行。郭一凡整天在课堂上教育学生,人与人之间应该真诚相待,多一点君子之交,少一点世俗市侩。但在现实中,郭一凡自己都不相信自己在课堂上说的话。凡事一旦和生意扯上关系,人与人之间的交往就变成了买卖。郭一凡坐在办公室的椅子上,正苦思冥想怎么继续公平公正地和姚栓牢做买卖,办公室的门突然被一股强大的力量撞开了,门板带着风瞬间裂开九十度撞击在了墙壁上,又反弹了回去。门板第二次被撞开的时候,郭一凡隔着门帘,看见始作俑者是一只脚。那只脚力道十足,薄薄的门板又一次痛苦地裂开了。没给郭一凡反应的机会,姚栓牢的脑袋已经带着身体横冲直撞了进来。

有事,肯定有事,而且是大事。郭一凡想,这件事一定和自己有关。按照这么多年来总结的经验,郭一凡明白,在摸不清对方底细的情况下,自己首先要保持冷静,保持沉默,以不变应万变。

来了?郭一凡没有像往常一样脸上堆满巴结的笑容,他站起身来,拿起上次专为接待重要客人而准备的一个玻璃杯,又从抽屉底层摸出一小包茶叶,犹豫了一下,狠心全倒进了杯子里,又慢悠悠地拿起水壶，一直到热气从玻璃杯里冒出来，郭一凡也没有看姚栓牢一眼，心里却一刻也没有停止揣摩姚栓牢的心思：如今在日月街，能让姚栓牢如此失态的，只有二丫了。二丫就像飞翔在天空的小鸟，虽然只在日月街上空徘徊，飞得不高，看得也不远，没有见过世面，却长了一身没有被污染的细皮嫩肉，吊足了姚栓牢的胃口。而且一吊就是好多年。但现在，二丫这块小鲜肉已经进入姚栓牢的口中，再也逃不了了。难道又有了新的变故？郭一凡不由得心中窃喜，有变故就好，变化里面往往蕴藏着新的机会，看来，机会又降临到自己身上了。

心里虽然高兴，脸上却不能表露出来。郭一凡决心把沉默进行到底，只要你姚栓牢不开口，我就不说话，反正现在气急败坏的是你。郭一凡拿起冒着热气的玻璃杯，轻轻地放在姚栓牢面前。屋子里仅有的一把椅子已经被姚栓牢的屁股压住了，郭一凡只能坐在木板做成的床沿上，然后一言不发地看着姚栓牢。

姚栓牢先是愤怒地看着郭一凡在自己面前表演，慢慢地就转为好奇了。好奇心让他在椅子上坐了下来，从口袋里摸出香烟，随手弹出一支，叼在嘴上点燃后，认真地看着郭一凡。印象中的郭一凡，从没有像今天这样在自己面前表现得如此气定神闲又有底气。别说郭一凡了，在整个日月镇，只有黑娃镇长一个人在自己面前如此虚张声势过。随着一口浓浓的烟柱喷出，一丝讥笑挂在了姚栓牢的嘴角。直到那个冒着热气的玻璃杯放在面前，郭一凡已经在姚栓牢的眼中变得可笑不堪了。姚栓牢一伸手，桌上的玻璃杯掉在了地上，瞬间摔得粉碎，被禁锢在杯子里的热水好不容易没了束缚，四周蔓延开来，四分五裂的茶叶趴在地上被动地做着最后的蠕动。在姚栓牢眼中，这些茶叶就像郭一凡一样。

郭一凡见状站了起来，和他的目光对接的，是姚栓牢面无表情、甚至有些阴冷的目光。这种目光，郭一凡曾在大锁的脊背上见到过。那次，郭一凡就站在姚栓牢身边，姚栓牢从后面看大锁就用的这样的目光。现在，同样阴冷的目光面对面地用在了他的身上，郭一凡明白自己不是大锁，他更知道不能再和姚栓牢玩下去了，他玩不起。郭一凡慢慢地坐了下来，看也不看摔碎的玻璃渣子。

没事，郭一凡说，碎碎平安。

姚栓牢又吐出了一口烟，我说有事了吗？

郭一凡尴尬地笑了笑，没事就好，没事就好。

能没事吗？姚栓牢皮笑肉不笑地说，没事跑你这儿干嘛！

郭一凡满脸通红，张了张嘴，竟然没说出话来。

姚栓牢看着郭一凡被打回了原形，不再装模作样了，觉得火候差不多了，才见好就收，上次去老城，看见一个杯子，保温的，忒好看，买回来后一直没舍得用，明天给你送过来。

郭一凡脑子飞速地一转，姚栓牢看不上的，对他来说已经是好东西了，姚栓牢称赞的东西，更不用说了。郭一凡看了地上的碎片一眼，觉得那些玻璃渣子挺有眼色的，碎得正是时候。嘴上却说，拿过来也是你用，就像这个玻璃杯，也是专门为你准备的，我一次也没用过。

姚栓牢笑了笑，这才步入正题，你听说什么闲话没有？

郭一凡看见姚栓牢的脸色又拉了下来，慎重地摇了摇头。

骗我？姚栓牢身子前倾，脑袋快要伸到郭一凡跟前，两只眼睛睁得圆圆的，好像经常在田地里偷吃庄稼的老黄牛的眼，到底有没有？

郭一凡不得不低下头，回避开姚栓牢的眼睛，听说了。

姚栓牢不给郭一凡喘息的机会，是听说的还是你说的？

怎么会？郭一凡的脸红了，像猪肝，对你不利的事我不会干，你怀疑我就是对我人格的侮辱。

还在我面前装蒜？姚栓牢一拳砸在了桌子上，残留在桌子上的水溅了起来，有几滴落在了郭一凡的脸上，就像突然流出来的委屈的泪水，是不是要我把散布谣言的学生带过来？

看着姚栓牢瞬间狰狞的目光，郭一凡知道，这要承认了，自己就别想在日月镇混了。打死也不能承认，郭一凡下定了决心，气冲冲地说，孙子说的，神情激愤的郭一凡也一拳砸在了桌子上，要是我说的我就是你孙子？！

郭一凡的举动，以及斩钉截铁的语气，明显地打消了姚栓牢的疑虑，看来传言有假，毕竟传自己的闲话，对郭一凡也没有好处。姚栓牢盯着郭一凡的脸，静静地看了一会儿，慢慢地把身体靠在了椅背上，然后，从兜里拿出一盒烟，弹出一支叼在了嘴上，用打火机点燃了，狠狠地吸了一口，等烟变成烟柱从嘴里喷出来时，姚栓牢的脸上已挂上了笑容，我想你也不会。接着把整盒烟和打火机一起扔在了郭一凡的床上。

姚栓牢笑了，郭一凡的脖子就硬了，不敢抽，郭一凡说，抽不起。

姚栓牢又一次笑了，他觉得郭一凡的样子很可爱，对付郭一凡，他有的是办法。姚栓牢一边抽烟，一边往郭一凡的脸上喷着烟雾，听说你想当副校长的事黄了？

郭一凡的脸再也绷不住了，弯下了脖子，指着校长办公室的方向，那孙子骗我，提起裤子就不认了。郭一凡恶狠狠地说完，马上变得眼巴巴地，您愿意帮我吗？

姚栓牢又一口烟喷在了郭一凡的脸上，看着郭一凡的眼睛眨巴了一下又瞪圆了，继续满怀期望地看着他，才说，当个副校长有啥油水？就是当上了校长还不是穷兮兮的？姚栓牢站了起来，一边往外走一边说，一会儿我给镇长打个电话，明天去镇政府上班吧。

看着姚栓牢走远了，郭一凡才擦了擦满头的冷汗，他来不及思量姚栓牢的话，急匆匆地走出宿舍，从教室里喊出一个男孩，四下看了看，拉进了男厕所，怎么搞的，这次考试又不及格？是不是又让你爸满街道追着揍你？郭一凡看着男孩惊恐的目光，侧耳听了听隔壁女厕所的动静，压低声音说，要想不挨你爸的棍子，昨天的话不管谁问你，也不能说是老师说的，记住了没有？

夜上日月山

　　离下班还有一个小时，镇长黑娃就关闭了手机。办公桌上的电话响个不停，黑镇长气不打一处来，烦躁得拔了电话线，屋子里终于安静了下来。开发日月街，原来只是人大代表姚栓牢提出的一个建议，没想到上面批准了。文件还没有发下来，开发商就像整天游荡在日月街上的野狗一样，马上就嗅到了腥味，天天排着队要请自己吃饭，好像自己没吃过饭一样。镇长黑娃比谁都明白，狗能整天围着你转，就能在你手中没有肉骨头而又麻痹大意的时候突然咬你一口。到底什么时候咬，黑娃不知道，但黑娃知道肯定有咬的那一天。就像整天围在自己身边的姚栓牢一样，日月镇上的人都知道，没有黑娃就没有姚栓牢，而没有姚栓牢，黑娃这个镇长也不会当得那么滋润。尽管他们两个谁也离不开谁，但其中的磕磕碰碰只有黑娃自己知道。郭一凡是个什么东西，做做副校长的梦也就罢了，竟然把梦做到政府来了？谁都知道征地是个牵一发而动全身的差事，一点儿也马虎不得，黑娃几乎把全镇的干部都过滤了一遍，才确定

101

了意向人选，姚栓牢只打了一个电话，就要把这个日月镇人人艳羡的差事落到在日月街上放个屁也没有响声的郭一凡身上？虽然姚栓牢在自己面前一直规规矩矩的，但黑娃知道那是装出来的。电话里的声音一如既往地客气，但却透露出不置可否的意思。姚栓牢很少用这种听起来模棱两可的语气和自己说话，一旦用了，黑娃就知道只能如此了。姚栓牢的胃口太大，要把整条日月街全买下来，真到了那一天，黑娃不知道到底谁才是真正的日月镇镇长！

街上有一家火锅店，名叫刘一手。黑娃觉得这个名字起得真好，很符合这个社会的处事法则：不管是开店还是为人处世，要想立于不败之地，必须得留一手。小车驶出政府大院的时候，黑娃在内心这样叮嘱自己。车内的暖气太热了，黑娃觉得憋得慌，他把车窗玻璃摇开了一条缝，清冽的冷风带着呼声钻了进来，头脑舒服多了。日月山已经隐隐约约地出现了，黑娃突然觉得，已经有好长时间没有上日月石那边看看了。轿车的后备厢里塞满了各种各样的肉食，鸡鸭鱼牛羊肉都有，该给大黑送点吃的了。人都是喂不饱的，这是姚栓牢在别人面前发出的感慨，话里话外自然针对着他这个一镇之长；现在这句话却引起黑娃的共鸣：没有自己掌舵，他姚栓牢算个球，最多就是日月街上的一个小混混。现在有钱了，竟然敢对自己吆五喝六了。多少年了，黑娃没有这样的心理压力了，没想到这种压力还是来了，而且来自离自己很近的一个人。当镇长这么多年，黑娃总结的第一条经验就是，不管干什么事情，都要有自信。你越有自信，别人就不自信了。今天，黑娃才觉得，过度自信了，就容易自我麻痹，丧失警惕，一些不该发生的事情就不可遏止地出现了。

姚栓牢就是在自己自信满满的情况下逐渐把头抬起来的。以前的姚栓牢，在自己面前都是低着头的；姚栓牢由低头到抬头和自己平视是在自己无意识之中逐渐发生的，比如说在门口的那个石桌石凳上，姚栓牢和自己平起平坐的时间已经很久了。久到了自己觉得应该如此的地步。人生就是战场，再不小心，姚栓牢在自己面前就仰起头了。黑娃不怕姚栓牢在自己面前仰头，黑娃生自己的气，是自己一步一步让姚栓牢把头仰起来的。后面合作的事情还有很多，多得就像镇上的风言风语一样，以后要小心了。

还是大黑忠诚！黑娃突然朝车窗外吐出了一口气，正在小心翼翼驾驶车辆的司机稍愣了愣，却没敢回头，表情、动作更认真更小心了。

每次回到窑洞的时候，都是暮色笼罩。好像只有这样，黑娃才觉得心安。多少年这样下来，在夜色中行路已经习惯了，就像他每次进了办公室，就条件反射似的板起了脸，想不板脸都不行。黑娃也曾经提醒自己要改掉这个在别人看来不好的毛病，努力了几次都没有效果，谁还没有个习惯呢？改不了就不改了，反正是为国家干事，用不着迁就别人。天黑了，路上的车就少了，过山的车就更少了，大多时候只有黑娃一辆车在宽阔的高速公路上行驶，好像这条高速公路专为他修的一样。黑娃很享受这样的感觉。

四周漆黑，车灯像一把利剑，活脱脱把黑夜割开，而心中的家，就在前面。这是一天中最放松的时刻，手机不在服务区，司机的手机也一样。黑娃这个时候不愿意联系任何人，当然，任何人也别想联系到他。黑娃有点后悔告诉姚栓牢这个地方了，想到这里，黑娃的心中飘过一丝不踏实的预感。好在车停下来，到家了。黑娃刚走出车门，就听见日月山上传来了一声悠长的叫声，像狗哭泣的声音。黑娃笑了，真是心有灵犀啊。随即挥了挥手，车辆无声地离去了，好像不曾存在一样。当黑色重新笼罩以后，整座大山只有从窑洞里透出来的一点光亮了，而他，俨然已经是大山的主人了。黑娃当然知道，窑洞里的灯是专为他和司机留的。司机已经走了，只要他不进去，洞里的灯光必将彻夜不熄。虽然累了一天，到了应该休息的时候，可是，山上已经召唤了，他还不能进洞。洞旁边原来没有路，现在却有了一条小路，是黑娃一步一步踩出来的。拎起从车里卸下的几块肉食，踩在自己踏出来的山路上，微微的山风像女人的手，在黑夜中一下一下抚摸在自己身上，黑娃的疲惫一扫而光，脚下的步子更有劲儿了。

　　和大黑相识已经想不起来有多少个年头了，那一年，他刚当上镇长，血气自然方刚，嘴里虽然没说，心里却暗暗鼓劲，一定要让日月镇在自己手里变个样子，一定要让日月镇的老百姓过上好日子。黑娃是个不善言谈的人，平时话就很少，能不开口就不说话。话少了，脑子就用得多了，机械厂就是黑娃用脑子想出来的。如今的机械厂已经成了日月镇的聚宝盆，当时却是一个濒临破产的街道小厂。是黑娃发现了姚栓牢，于是日月镇有了今天的机械厂，也才有了姚栓牢的今天。日月镇原来没有工业，如果非要说有，只有几家用传统工艺酿醋的醋坊。把金属材料变成收割机、压面机，日月镇上的人想都没想过，只有话少的黑娃镇长想到了。想到了就干，毫不拖泥带水是黑娃在没当镇长的时候就养成的习惯，但镇政府每天大量的杂事一直在拖后腿。只要每天进了办公室，人流不断。子女不孝、寡妇偷情、邻里吵架等等等等，每天都围着他。黑娃是个有事业心的人，他觉得不能被这些琐事牵扯精力了，但作为镇长，这些事他又不能不管。黑娃就是在这时候想起了那座废弃的窑洞。

窑洞位于日月山下，属于日月镇管辖的地盘。山脚下这样废弃的窑洞很多，原来是住人的，现在人可能搬到镇上去了。黑娃第一次从窑洞面前经过的时候，发现这个窑洞不同于别的窑洞，洞口很高，站在洞口望进去，里面竟然很大，看不到底。看不到就不知道里面到底有多大。一般的窑洞，站在门口看一眼，目光就被洞底的墙壁碰回来了。黑娃蹲在洞口，一是想再瞅瞅，另外就是想抽口烟，歇歇脚。烟还没有点着，一条黑色的蟒蛇逶迤而出。蟒蛇全身透亮，黑得很鲜艳，看见黑娃，就像黑娃看见它一样，很亲切的样子，蛇头抬起老高，蛇信子在嘴唇左右摇摆了几下，算是打了招呼，然后，把身体落在了地上，走了。一边走还一边回头看看，一副恋恋不舍的模样。蛇怕烟，黑娃一直等到黑蛇走远了，看不见了，才点燃了烟。蛇是灵物，灵蛇待过的地方，必定是风水宝地。黑娃先往洞里喷出了一口烟，然后走了进去。越往里伸入，黑娃对这个窑洞兴趣越大。黑娃的属相就是蛇，一条黑蛇走了，一个属蛇的黑娃来了，这个蛇洞没准就是自己前世的家。黑娃从窑洞里退出来的时候，就已经下定了决心。重新蹲在洞口的黑娃拿出手机，给大锁打了电话，黑娃眼睛一边继续在洞里瞅着，一边冲着手机说，我在山脚发现了一个窑洞，我的窑洞，你在外地找几个人，帮我整修一下，工钱明天就给你，只有一个要求，你知我知……

黑娃住在这里已经好多年了，就因为住在了这里，无意中和大黑成了邻居。在黑娃心里，大黑比姚栓牢仗义，姚栓牢总想掌握洞里的秘密，而让自己在他跟前没有秘密；大黑却一直替他守着秘密，黑娃不在的时候，大黑就蹲在半山腰的洞口，远远地照看着黑娃的"家"。这个家外"家"，除了大锁，只有司机和姚栓牢知道。有一天傍晚，送黑娃回家的司机远远看着山洞里透出来的灯光，眼光惊喜地在后视镜里闪烁。黑娃知道，这个神秘的灯光连夜就会闪烁在姚栓牢的心里。第二天上班，姚栓牢果然来到了自己的办公室。不管姚栓牢的表情多么暧昧、言语多么神秘，黑娃都是一副心照不宣的样子，没有给予正面解释。黑娃这种"只可意会不可言传"的神情很让姚栓牢因为高兴而倍加放心，而这，正好成了黑娃拒绝姚栓牢进入日月洞最好的理由……

　　踏在窑洞上方的山路上，四周黑魆魆的，黑娃感叹了一声，好长时间不上山了，竟然有些喘了。半山腰上，隐隐约约显现出另一个洞口，比黑娃的窑洞小多了，那是大黑的住处。这个地方，除了黑娃本人，再没有第二个人知道。

　　黑娃终于走到了大黑的洞口，把手里的肉食往洞口一放，说道，老伙计，出来吃饭吧。洞里闻声出来了一只像狗一样的动物，在月光下，依然能看得出全身黑得发亮，身后长长的尾巴扫把一样拖在地上，见了黑娃，它尾巴抬起来摇晃着。黑娃满脸都是笑，老伙计，咱俩就别客气了，饿了吧？快吃吧。

三美骗了大凤

　　三美在前面走着，大凤一步不离地跟在后面。老城现在对大凤来说，就是三美。三美的气质、神态、打扮，都是一副老城的样子，在大凤眼里是那么新鲜、冷艳和陌生。大凤一直盯着三美的脚步，不同寻常的脚步。和所有衣装鲜亮的城里女孩一样，三美穿着一双皮靴，高高的皮靴，这样的皮靴，大凤只在电影中的国民党女特务脚上见过，大凤觉得是那么好看和时尚。和国民党女特务不同的是，三美脚上的皮靴鞋跟细长，就像过年期间日月镇上的高跷一样。大凤曾经尝试过，站也站不起来，更别说穿着走路了。三美显然已经习惯了，细高的鞋跟踩在地上，就像钉子楔上去一样稳当。在大凤的记忆中，她们三人中二丫最矮，也最娇小；大凤最高，自然霸气；三美比二丫高出半个头，却比大凤低了半个头，虽然娇小不过二丫，霸气不如大凤，脸上却有两个酒窝，就像多长了一双眼睛，见了人，眼睛未笑，酒窝先到，直勾勾地迷人。大凤从小就很嫉妒。跟在三美后面，大凤才知道三美该嫉妒的地方很多。酒窝的风采已被红红

107

的嘴唇代替了，以至于刚刚和三美面对面的时候，她竟然没有看到她的酒窝。寒冬腊月，大凤身上鼓鼓的臃肿不堪，三美的身材却能看到曲线，随着脚步不停地变换着。头发散披着，在脑后像腰一样扭动。大凤的头发也长，只不过为了时尚，刚刚烫过。烫发在小镇很流行，但和三美在眼前飘动的直发比起来，大凤觉得糟蹋了自己的一头乌发。还有，不知道三美是后来长高了，还是鞋跟帮了忙，如今看起来，竟然比大凤还要高出半个头。跟在三美后面，大凤很自卑，她觉得自己处处不如三美。尽管她心里有诸多的不愿意，但她只能跟着三美，一步不离地跟着。

街道两边，不停有各种各样的香味扑入鼻内，搅动着大凤的五脏六腑，但三美不停，大凤不敢停。虽然对三美有更多的未知，但相对于这座陌生的城市，三美的出现已经是上苍的眷顾和恩赐了。三美终于带着大凤走进了一家饭店，大凤知道，满街的香味，终于有一种香味属于她了。

现在是早晨，大饭店还不到营业时间，只能委屈凤姐在这个小饭店垫垫肚子了。在一张小饭桌上坐定后，大凤终于看见那两个久违的小酒窝出现在了三美的脸上。大凤长舒了一口气，只要酒窝还在，三美就还是那个在日月镇上一起长大的三美。

凤姐，你是自己掰馍还是要机器切出来的馍片？三美还是像小时候一样体己。

在自己姐妹面前，大凤觉得不用顾及脸面了，三美，怎么快怎么来，姐实在饿得受不了了。

三美闻声在空中打了一个响指，一碗泡馍，越快越好。

108

不远处答应了一声，紧接着就端上来一碗热气腾腾的泡馍。

大凤神情恍惚了一下，刚才三美在空中的那个响指，竟然和姚栓牢的响指一样清脆、潇洒。但空荡荡的腹内实在不容她多想，大凤感激地看了三美一眼，把整个头和脸都埋在了热气中。过度的饥饿使大凤扔掉了筷子，抓起桌子上的一个勺子，一勺接一勺把热乎乎的泡馍塞进了嘴里。大凤以前也吃过泡馍，却从来没有发现泡馍竟然如此美味，比吃过的任何山珍海味都要可口。直到一大碗羊肉泡馍吃完了，大凤才抬起头，不好意思地冲着三美笑了笑。

姐已经两天没有吃饭了，多亏你了，大凤又补充了一句，姐刚到老城，钱包就被偷了。

三美伸出手，在大凤的手上拍了拍，没事，凤姐，有我呢，饿不着你。

大凤这才想起来问三美，三美，你这几年一直在老城享福啊？枉姐还一直惦念着你！

三美笑了笑，没有说话。

三美，你在老城干什么工作啊？

三美站了起来，凤姐，一言难尽，我先带你去我的住处，你好好休息一下，咱们姐妹再好好聊。

大凤能感觉到三美已经不是原来的三美了，已经把说话叫作聊天了。这一点，也像极了姚栓牢。她随着三美站了起来，跟在三美后面，走出了小饭店的大门。

凤姐，我住的地方离这儿不远，咱们就不打的了，走几步就到了。三美一边说着，一边在前面走了，大凤紧赶了几步又慢了下来，她有些自惭形秽地跟在三美身后，紧紧跟着。

从宽阔的大路进入一个小巷，接着又拐入另一个小巷，出现在面前的景象很让大凤不可思议，老城她不是第一次来了，却第一次看见它的另一面：两边全是低矮的房子，破旧不堪，街道上污水横流，破败逼仄，景象还不如日月街。跟在三美后面的大凤走着走着，腰板渐渐挺了起来。难道三美失踪这么多年，就住在这样的地方。大凤不再低头，她开始大胆地在四周的人和建筑物上逡巡，目光也不再躲躲闪闪。以至于三美进了一个低矮的门之后，大凤站在外面犹豫了一下，心想自己应不应该走进这样的门洞。好在三美又拐了回来，也所幸大凤及时地想到了自己的处境，只好对着三美笑了笑，跟了进去。

和外面相比，里面还是很不错的，出现在大凤眼前的是一溜溜的平房，虽然陈旧，却很整洁。尤其是跟着三美进入一个房间之后，里面坐了一屋子女孩，一个个都像三美一样惊艳。那些女孩看见三美进来，全部站了起来，眼光挑剔地落在了大凤的头上、脸上和身上。

老大，新来的？离大凤最近的那个姑娘把大凤从头到脚审视了一遍，说道，老了点。

屋子里响起了一阵嘻嘻哈哈的笑声。

大凤的脸红了。

别瞎说，这是我们老乡。三美瞪了那个姑娘一眼。

姑娘仍然笑嘻嘻的，咱们这里，哪个不是被老乡忽悠来的。

就是啊，屋子里又是一阵嘻嘻哈哈的笑声。

110

大凤还没有退出门外，就听到了一声响亮的耳光声，刚才说话的那个姑娘白皙的脸庞上清晰地出现了几道手印。那个姑娘还没有反应过来，三美的手掌又回抽了过来，在姑娘另一边白皙的脸庞上很是公平地印上了同样的手印。屋子里瞬间变得鸦雀无声，刚才还嬉笑的女孩一个个低着头，挨打的女孩更是一副想哭又不敢哭出声的表情。

　　三美这才淡淡地说了一声，坐在这儿等死啊，该干什么干什么去。等到满屋子的女孩一个个低头溜出去之后，三美才向大凤笑了笑，凤姐，她们没有规矩，让你见笑了。

　　大凤赶紧赔上了一副笑脸，但也就是笑了笑，大凤不知道说什么。

　　三美递给大凤一杯热水，凤姐，看出我是干什么的了吗？

　　大凤的脑子急速地转了一下，摇了摇头，三美，姐不知道你是干什么的，但姐看出来你是她们的领导，她们都很怕你。

　　三美笑了笑，凤姐，我不管你是不是装糊涂，来了，就住下吧。

　　大凤冲着三美巴结地笑了笑，三美，姐还要赶回去上班呢，你要还认我这个姐姐，借我一张车票钱，回去了姐加倍还你。

　　三美意味深长地看着大凤，说道，凤姐，这儿没有借钱的，都是挣钱的。只要你想，别说回去的路费了，再多的钱也有你赚的。

二丫妥协了

　　天黑了，屋子里发着暧昧的红光。二丫穿着衣服面朝墙壁，侧身而卧。第一次进新房也是这样，衣服是姚栓牢帮着脱的。准确地说，不是脱，而是扒。对姚栓牢来说，把脱衣服变成扒衣服是一件很刺激而又准备已久的事情。如果说，二丫在他的面前自己褪去了衣服，将会使他索然无味。姚栓牢觉得生活真的很好、很奇妙，他竟然有了扒二丫衣服的合法权益，警察也管不了，更别说大锁这个二百五了。扒二丫衣服的过程很刺激，姚栓牢很享受这个过程。结果固然很重要，但缺少了过程的支撑，结果会变得不完美。迎娶二丫本身就是一个完美的规划和设计，姚栓牢想，既然结果已在掌控之中，为何不把过程营造得热烈一点、有趣一点、浪漫一点，从而使结果更加刻骨铭心。

　　姚栓牢先是掀开了二丫身上的被子，二丫除了把身体蜷缩成虾米一般，并没有过大的反应。姚栓牢认真地看着二丫的侧影，躺在床上的侧影，觉得所有的付出都是值得的，二丫值得他如此煞费苦心。姚栓牢曾从各种角度审视过二丫，这个侧影也在他的观察范围内，即使穿着衣服，依然像一朵带刺的花，冷艳中释放着芬芳。曾经，这个香味只肯为大锁释放。而现在，却独属于他姚栓牢。姚栓牢有的是时间和耐心。他看着二丫妙曼的身姿，点燃了一支烟，把烟柱一口一口地喷在二丫的后背上。二丫一动不动，浓烈的烟雾对二丫没有任何作用，甚至没有让二丫咳嗽一声，这让姚栓牢有些不爽。姚栓牢想起大锁是个烟鬼，二丫长年在大锁醋坊打工，闻惯了烟味，就扔掉了烟头，抓住二丫的身体一拽，二丫平躺在了面前。虽然头仍侧向一边，但脸庞、头发、体形已经全在眼前。姚栓牢又点燃了一支烟，这次他重点看的是脸形和皮肤。二丫无疑是整个日月镇最迷人的女孩，她的皮肤真正是娇嫩得叫人心疼，尤其在灯光的照耀下，白嫩的脸上粉嘟嘟的，黑黑的长发散落在脸庞、枕头上，酷似夜空中的一轮圆月，耀眼、恬静、空灵、诱人。姚栓牢感觉浑身的血液加速了，女人姚栓牢过手的多了，能让姚栓牢冲动的女人少之又少，姚栓牢很珍惜体内来之不易的冲动。他伸出手，碰了碰二丫的衣扣。果然，被二丫一把打开了。姚栓牢笑了笑，二丫，你现在是我媳妇呢。二丫没有说话，一行眼泪从眼角流了下来。姚栓牢拿起一张纸巾，拭去了二丫脸上的泪水。委屈了就哭出来，大声哭，姚栓牢说，别憋在心里，对身体不好。姚栓牢的激将法奏效了，再看二丫，眼泪果然没有了。等到姚栓牢再动手的时候，二丫只是拉开被子盖在了身上，于是，姚栓牢第二次感受到了二丫的凸凹有致，唯一有些遗憾的是，在自己的新房里，仍然没有欣赏到二丫一丝不挂的胴体。姚栓牢想，日月镇不只有醋坊，还有豆腐坊，心急吃不了热豆腐的道理他懂。姚栓牢扪心自问，他是在乎二丫的，经历的女人越多，二丫这样的女人在心中的分量越重，这是一个做老婆再合适不过的女人。不是之一，而是唯一。姚栓牢用手在被子里捣鼓了一阵，替二丫掖了掖被子，关了顶灯，轻轻地带好门，走了出来。

晚上的月光很亮，就像二丫的脸和眼。姚栓牢开车在月光中刺开一条道路，小轿车很快就停在了"夜朦胧"的后院。这是开在日月镇外的一间茶肆，面积不大，环境却很清雅，尤其是在晚上，夜朦胧，月朦胧，人也朦胧。姚栓牢走进去的时候，一个高挑的女人站在门口，幽怨地说道，还以为你今天不来了。

姚栓牢说，过来一是看看你，二是有些事得合计合计。

高挑的女人说，喝酒还是喝茶？

姚栓牢看着女人凸凹玲珑的身体，说道，喝你。

女人的脸红了，没有吭气就进了房间。等到姚栓牢进去的时候，女人已经躺进了被窝。姚栓牢玩笑道，这么快？

女人看着屋顶说，我这儿就是为你准备的。

姚栓牢上床的时候，发现床单和被子都换成了红色，一副喜庆的气氛。再看女人一副无怨无悔的模样，心里突然有些不忍，有合适的人了，就嫁了吧。

女人笑了笑，真要找了人，你要过来，就不方便了。

姚栓牢用手摸了摸女人的头发，小美，委屈你了。

女人的眼睛眨巴了一下，调皮地说，为姚大老板效劳，心甘情愿。

姚栓牢一躺进被窝，女人就将头枕在了姚栓牢的肩膀上。姚栓牢用手抱了抱女人，赶这么远的路，累了吧？

没事，不累。女人说，先说事吧，是不是拆迁马上就要开始了？

姚栓牢点了点头，手往床头伸了伸。女人侧起身，点燃了一支烟，递给姚栓牢，又点燃了一支，叼在了自己嘴上，随手把烟缸放在了姚栓牢胸前的被子上。

姚栓牢一口一口抽着烟，没有说话。女人问道，不顺利？姚栓牢又点了点头。女人灭了烟，坐了起来，两只手放在了姚栓牢的头上，一边轻轻地按着，一边问，问题出在谁身上？

黑娃。姚栓牢说。

黑娃镇长？女人很惊奇，不是他让你开发的吗？怎么会？

说不清楚，姚栓牢说，好像没有以前积极了，说话也阴阳怪气的。

要我做什么吗？

暂时不要，姚栓牢说，好在我已经强压着黑娃把郭一凡安排进镇政府了。

郭一凡人品不好，也不是成大事的人，女人用手在姚栓牢的头上点了点，不能让他知道得太多，你要小心他到时候咬你一口。

姚栓牢突然抬手在女人的胸前摸了一把。女人默默地看了姚栓牢一眼，重新钻进被窝，依偎在姚栓牢身边，问道，想了？

姚栓牢没有说话，直接将女人裹在了身下。

女人从姚栓牢的肩头探出头来，笑道，这么如狼似虎的，看样子家里还没有得手？见姚栓牢的脸色不好，不再说话，闭上了眼睛，两只手紧紧地箍住了姚栓牢。

互相都很熟悉了，配合起来就很默契，很快就进入了佳境。两个人都气喘吁吁的，女人死死地抱住姚栓牢，好像一撒手，姚栓牢就丢了似的。在那么一瞬间，姚栓牢似乎也动了情，看女人的眼色也是一副情深义重的味道。姚栓牢一边在女人身上用力，一边想，有这样一个红颜知己，也不枉在人世上走一回。

事毕，趁女人拿了毛巾给自己擦汗的空隙，姚栓牢对女人说，我觉得原因出在日月洞里。

女人刚刚擦完姚栓牢额头，正准备擦拭他后背上的汗，闻声停了下来，日月洞，什么日月洞？

姚栓牢有些后悔说溜了嘴，但事已至此，只好继续说下去，镇长黑娃有个秘密住所，在日月山脚一个洞里。本来住在洞里没有什么稀奇的，但奇就奇在洞中有洞，不允许任何人靠近。据说外面的叫日洞，里面的叫月洞。日洞我进去过，很普通，月洞连靠近的机会也没有。迄今为止，除了黑娃镇长，听说只有大锁一个人进去过。

女人接着擦拭姚栓牢身上的汗珠，边擦边说，这次招我回来，是想让我探探日月洞？

姚栓牢把女人拉到自己的身前，两只手捧住女人圆润的脸庞，日月洞虽然对我很重要，但你是我的撒手锏，不到万不得已，我不会把你抛出来的。

郭一凡左右为难

接到去镇政府报到的通知后，郭一凡真正体会到了事在人为的真理。他强忍住内心的狂喜和得意，故意不看校长诧异而又羡慕、甚至有些巴结的嘴脸。一直到出了学校的大门，郭一凡才伸出手，象征性地和校长的手握了一下。校长满脸带笑，笑容后面几次欲言又止，郭一凡没有给校长再次开口的机会，果断地转身走了。郭一凡走得很沉稳、很悠闲，他不用回头，就知道校长肯定站在校门口，眼光趴在自己的背上。直到转了一个弯，郭一凡确信校长的眼光被成功阻挡之后，才三步并作两步，急急往镇政府赶去。按照姚栓牢的说法，此时镇长黑娃正在镇政府等着他，郭一凡不想让黑娃镇长等得太久。镇政府离学校不到一公里路，郭一凡赶到的时候，额头上已经爬满了汗珠。郭一凡很满意自己的表现，有了满头的大汗，可以对黑镇长有个交代了。郭一凡以前也来过镇政府，但都是以外人的身份来的，今天大不一样了，自己竟然成了这个在日月镇具有独一无二地位的场所的一员。直到站在黑镇长办公室门口，郭一凡才抑制了一下心情，把额前凌乱的头发往后捋了捋，以便让额头上的汗珠显露得更明显，才像学生进老师的办公室一样，先是挺直身体，然后大喊了一声"报告"。

镇长办公室很安静，安静得好像没有人一样，郭一凡往窗户上探了探头，突然觉得不妥，又挺得笔直，提高音量喊了一声报告。镇长办公室没有声音，郭一凡却听到从隔壁办公室传出了窃笑声。笑声明显是奔他而来，郭一凡却没有笑，表情严肃、目不斜视地等着。郭一凡知道镇长在办公室，那从门帘后面不时冒出来的烟味表明里面有人。在整个日月镇，只有黑娃镇长一个人抽雪茄。雪茄的味道闻起来很浓郁，也很特别。郭一凡知道这是镇长给自己的一个下马威，以后要想在镇政府站住脚，首先要过这一关。郭一凡在心中笑了一下，他有的是耐心，他暗暗地下定决心，只要黑娃镇长不出声，那他就一直站下去，站到黑娃镇长请他进去为止。

一个小时过去了，郭一凡没有等来镇长的声音，却等来了镇长的秘书。

怎么还在这儿站着？镇长交代，你一来就请你进去。秘书说道。

郭一凡笑道，没关系的，等镇长是应该的。

秘书掀开门帘，在郭一凡的身后推了一把，郭一凡就迎着烟雾撞了进去。黑娃镇长坐在办公桌后，正在批阅文件。文件在桌子上堆得像山，黑娃镇长看得很认真，一边看还一边用红笔在上面圈圈点点。没有地方圈了，就拿起放在烟缸边上的雪茄抽一口，然后又拿起另一份文件看了起来。

难怪镇长听不见，镇长太投入、太辛苦、太忙碌了。郭一凡想，这些都应该是秘书干的活，镇长亲自干，只能说明手下没有得力的人手。看来，以后自己施展手脚的地方很多。

郭一凡觉得自己不能再这样站下去了，他应该找机会打破僵局。等到镇长又拿起雪茄的时候，郭一凡佯装以为雪茄灭了，立时从衣兜里拿出打火机，捧住火苗迎了上去。黑娃镇长一愣，躲开了火苗，眼光才落在了郭一凡的脸上。

来了？黑娃镇长问道。

来了，镇长，郭一凡毕恭毕敬地说，郭一凡前来向镇长报到。

知道从一个小教师摇身一变成为政府工作人员的原因吗？黑娃抬起头，脸上看不出喜怒爱憎。

姚老板推荐，郭一凡敏锐地看到黑娃的眉毛动了一下，他更愿意把它理解为皱了一下，及时跳转了话头，当然，没有您同意，谁推荐也没有用！

那你说说，镇长的脸色好看了许多，那么多的优秀人才想来，还有不少是县上领导推荐的，我为什么选了你，而没有同意别人呢？

因为您和姚老板是好朋友，您给了他面子。

有这个因素，但话不能这么说，好像我徇私似的。黑娃的表情瞬间变得很严肃，关键还是因为你个人。看着郭一凡诧异的表情，黑娃镇长表情更加严肃，你可能不知道，我的身边不缺体己人，但却缺一个既体己又有能耐的人。几年来，我一直在全镇物色、寻找，你是其中之一。我观察你已经半年多了，知道这次我是怎么下定决心的吗？

郭一凡这才知道，其实自己早就进入了黑娃镇长的视野，只是镇长深沉，自己不知道而已。郭一凡立即表现出一种"士为知己者死"的架势，他五指并拢，挥着拳头说，具体原因虽然不知道，但我只要知道镇长是我的恩人就够了。

郭一凡的话语，使得黑娃又认真地重新审视了他一下，按照以往的经验，这样的人，本身就是一杆枪，用好了，握在自己手里，可以打别人；用不好，反而会伤自己。黑娃觉得不能任性了，他字斟句酌地说，在开发局工作，既要为政府负责，又要保证老百姓的利益，这就对我们的政府工作人员提出了很高的要求。你虽然和姚厂长是同学，但我相信在以后事情的处理上你还是能坚持原则、顾及老百姓的利益的。

郭一凡不敢轻易开口。他还是没有听明白黑娃镇长的意思，无法对症，就不能轻易下药。不明白而装明白，是目前最好的态度。郭一凡对着黑娃点了点头。

好在黑娃拿起了雪茄，看了看却没有抽，这回是真正灭了。郭一凡终于找到了解脱的机会，两只手在口袋里乱摸，最后从裤兜里摸着了打火机。黑娃镇长的头偏了一下，躲开了火苗，看着郭一凡，很亲切地笑道，你看你，以后该学的东西还很多。一边说着，一边从雪茄盒子里拿出了一张薄得像纸一样的木片，雪茄这种东西，娇贵，黑娃镇长说，只有用这些松木片点燃，才不会变味。

郭一凡脸色恰到好处地红了一下，说道，跟着镇长，就是长见识。又要用打火机点燃松木，黑娃镇长笑得更开心了，从抽屉里拿出一包火柴，放到了郭一凡的手里，只有用这种专用火柴点燃，才能保证口味纯正。

好多年没有用过火柴了，尤其是这种又长又粗、一看就很有档次的火柴，郭一凡划了好几下才点燃了，按照黑娃镇长刚才的教导，他先用火柴点燃了松木片，再把燃着的松木片送到了雪茄前。黑娃美美地吸了一口，冲着桌面猛地一吐，一股浓烟在桌面上反弹起来，瞬间就笼罩住了郭一凡。任是郭一凡克制力再好，还是忍不住咳嗽了起来。隔着烟雾，郭一凡看见黑娃镇长舒心地笑了，直到这时候，郭一凡悬在嗓子眼的心才落回了肚里。

黑娃镇长等到郭一凡咳嗽得差不多了，一边抽着雪茄，一边微笑着说，以后知道该怎么做了吗？

郭一凡的头点得如鸡啄米一般，知道了，知道了，跟着镇长，不知道也知道了。

离开镇长办公室的时候，黑娃语重心长地说，开发这种事，虽然是个人人都想干的肥差事，但容易得罪人，以后工作，要长个心眼，注意保护自己。等到郭一凡临出门的时候，黑娃才说出了他最想说，也认为可以说的话，小孩子的嘴不把门，你和姚厂长关系那么好，怎么能传他女人的闲话呢？黑娃镇长站了起来，手掌落在郭一凡的肩头，这种事如果让姚厂长知道了，可能会对你不利。郭一凡感到黑娃镇长用力捏了一下他的肩，关切地叮嘱道，以后做事严谨些。

站在镇长办公室门外，被冷风一激，郭一凡感觉到冷汗铺满了后背。就在这时，郭一凡感觉到裤兜里的手机在震动，他走了很远，直到确认镇长听不见了，才拿出了手机，屏幕上出现了他最不愿意看到的名字。确认四周无人后，郭一凡才接通了电话，姚栓牢的话语迫不及待地传了出来，老同学，今晚跟我去老城，我在老城为你庆贺。

黑娃夜访大锁

家里有了女人，白天是白天，晚上是晚上。没有了女人，白天就变成了晚上，晚上又成了白天。大锁白天好像被抽了筋，浑身懒洋洋的，醋坊也不开了，躺在床上睡得迷迷糊糊。天黑的时候，起来煮了一点挂面，也不要菜，盐醋辣椒一拌，就是一顿饭。日月镇上不但产醋，也产辣椒。辣椒和醋一样名播四方。醋不只酸，而且后味带香。辣椒却只是辣，日月镇人叫作干辣。虽然用油浇过，美其名曰油泼辣子，一碗面吃完，常常满头大汗。辣椒不光刺激汗液，也刺激味觉。吃完面，大锁满头大汗地从浑浑噩噩中清醒过来，走出屋门，拿了一条小板凳，坐在了院子里，看着天空稀稀拉拉的星星发呆。二丫嫁人了，大凤走了，只剩下自己的院落显得那么空旷、孤寂。他感觉自己失去了生活的方向。大凤什么时候回来？大锁想，该找找大凤了。

大门就在这个时候被推开了。

大锁坐着没动，他盯着大门通向院中的走廊，直到出现一个娇小的身影。这个身影对大锁来说，太熟悉了。娇小的身影猛地看见屋檐下坐着一个人，不禁后退了几步，待看清楚了，急急来到了大锁的面前，低声叫道，大锁哥。

大锁站了起来，二丫，你怎么来了？

二丫从大锁身边走过直接进了屋里，大锁急忙跟了进去。灯光下，二丫身着一件红色的婚服，越发显得脸色苍白。大锁哥，二丫说道，你带我走吧，上刀山下火海，去哪儿都行。

姚栓牢不在家？大锁问道。

去老城了。

大锁疑惑地看着二丫，你不是自愿嫁给他的吗？

都是我爹我弟逼的。二丫的眼泪流了下来，我努力过了，我想忘记你，但我做不到，我的心里全是你，我实在不愿意再看见姚栓牢了，我也管不了我爹和我弟了。

二丫，大锁用手抹去二丫眼角的泪水，我走了，你大凤姐回来怎么办？

二丫的眼泪流得更欢了，大锁的回答让她无法再开口，她不再说话，只是低着头哭泣。二丫肩头抖动了半天，好像终于下定了决心，本来我不想告诉你了，看你蒙在鼓里，我心里为你叫屈。二丫用衣袖擦了擦眼泪，大凤姐的心不在你身上，她和姚栓牢早就在一起了，好几次你不在家，他们两个喝醉了酒，在你们的房间里待到天快亮才走。大锁心里的疑惑终于被证实了，有一次大凤晚上做梦，嘴里喊出了姚栓牢的名字。这个秘密就像日月洞的秘密一样，一直埋在他的心里。今天，二丫的话撕开了这块伤疤，大锁五指并拢，握成了拳头，手背上的青筋根根凸显。二丫听见指骨节啪啪乱响。

二丫扑过来抱住了大锁，大锁哥，你消消气，带我走吧。我们走得远远的，再也不回来，死也死在一起，死也死在外面。

大锁两只胳膊终于落在了二丫的身上，这是向往已久的一次拥抱，也是身心交融的一次拥抱，原来只在梦中实现的景象终于变成了现实。二丫几乎贴在了他的身上，身上的气味像柳枝摇摆一样丝丝缕缕地钻进了他的鼻孔。刚刚激起来的仇恨被冲淡了，或者说，被欲望所代替了。大锁抱着二丫倒在床上的一瞬间，顺手拉灭了电灯。傍晚只有星星的天空现在突然出现了月亮，月亮跳跃在窗户上，银白色的月光透过窗户纸落在二丫银白色的肌肤上。屋内没有生火炉，但两个人都感到一股火，在这个冬天的屋子里熊熊燃烧。合二为一，身心交融的感觉真好，尤其是两个心仪已久的人。在相互的给予中，大锁和二丫都感到在身体燃烧中飘向了天空，飘向了月亮居住的地方。

不知过了多久，两个人终于安静了下来。月光悄无声息地漫进屋子，水银般泼了一地，二丫这才发现屋子的门竟然敞开着。

大锁哥，门都开着呢。二丫的嗔怪透着温柔和羞涩。

开着就开着，只要你不冷就行。大锁胳膊上用了用力，把二丫更紧地搂在怀里。

二丫把脸更紧地往大锁的胸口贴了贴，大锁哥，我不冷，你的怀里真暖和，我想一直钻进你的怀里不出来。二丫从大锁的怀里抬起了头，大锁哥，你带我走吧，不管去哪里，不管过什么样的日子。你知道的，再苦的日子都难不住二丫。

大锁把二丫的头按进了怀里，鼻子在二丫的头发上吸着，这是我们的家，我们不走，大锁好像下定了决心，我们不走也要在一起，在一起开我们的醋坊。

姚栓牢不会放过我们的，二丫忧心忡忡地说。

不是他不会放过我们，是我不会放过他。大锁的话是咬着牙说出来的。

二丫感觉到大锁身上的肌肉绷得紧紧的，这样的肌肉给她一种安全感，可是，二丫说，黑娃镇长和姚栓牢是一伙的，他也不会同意的。

黑娃镇长我了解，他不会难为我们的。

即使这样，还有大凤姐呢？她有一天回来了，我们怎么面对她？二丫一冷静下来，又恢复了本性，考虑的全是别人的感受，和以往不同的是，也有了为自己的打算，我们还是走吧，我不想和你分开，如果再和你分开了，我就不知道怎么活了。

二丫的话还没有说完，又被大锁裹在了身下，二丫不再说了，在大锁粗鲁而又有力的动作中，她乖乖地闭上了眼睛。

我知道了，大锁突然说，那天晚上是你？

二丫知道大锁指的是什么，她的脸发烫了，除了我，你还有别的女人吗？

二丫看见大锁的眼睛在月光中亮晶晶的，随即从大锁嘴里说出来的话语也像冬天的炉火一样，暖在了她的心里，我向天发誓，今生今世，大锁如果有负二丫，天打雷轰，不得好死。

二丫用手捂住了大锁的嘴，我不要你死，你死了，我也不活了。从你把姚栓牢一脚踢到沟里救我那天起，你就钻进了我的心里，从来没有离开过。

月亮毕竟是短暂的，月光逐渐被天光代替的时候，两个人都感到了一阵难舍和紧张，尤其是二丫，看着窗户上越来越亮的白色，更紧地抱住大锁。比天色更要命的是门外传进来的一句话，天快亮了，毕竟是偷情，趁着街上没人，穿上衣服赶快走吧。

这是日月镇上唯一能镇住大锁的声音。声音虽然不大，穿透力却很强，一下子钻入大锁和二丫的耳膜，大锁目瞪口呆，二丫更是魂飞魄散。在大锁呆若木鸡的关口，二丫快速地穿上了衣服，跨出屋门的时候，二丫没有看到屋外有人，却看到在窗口的地方，躺着一个没有熄灭的烟头。这更吓得二丫不敢抬头四处乱看，急匆匆地跑出了院门。

大锁的院子里有了片刻的宁静，天空开始断断续续地有雪花飘下，一种带有明显个人特征的烟味开始在院子里飘荡。可惜的是，烟味显然已经漫进了屋子，屋子里还是一片寂静，连一点点反应也没有，更没有人走出屋外。黑娃镇长骤然觉得天变了，日月镇的天变了。黑娃抬起头，看着稀稀拉拉的雪花逐渐布满了天空，银针似的扎了下来。这是今年日月镇迎来的第二场雪，看起来比第一次更大，更猛烈。除了姚栓牢，大锁成了日月镇上第一个无视自己存在的人。

大锁没有踏出屋门，黑娃镇长也没有进去。头顶雪花，独自从大锁家走出去的时候，黑娃镇长不禁裹紧了大衣，他知道，街道上的风更紧、更利、更刺骨。是自己疏忽大意了，这么多年过去了，日月镇一天天在变，日月镇上的人也在变，自己年龄已经不小了，以后，在日月镇上行走，更要注意保暖了。

大凤失身了

两天一夜没有合眼，大凤太困了。原想在三美的屋子里美美地睡一觉，但三美笑容后面的冷酷，使大凤一想起来就后怕。如果有一天，三美的巴掌落在自己的脸上，那该怎么办？赶走了姐妹，把自己往屋子里一扔，三美人就没影了。大凤虽然已经没有初见三美时的惊喜了，但没有了三美，待在这个人生地不熟的鬼地方，大凤内心忐忑不安。尽管大凤反锁了房门，又把沙发推在了门后，但隔壁屋子里传来的男男女女的声音让大凤既惧怕，又感到面红耳赤。男人女人在一起竟然这么肆无忌惮，明目张胆？男人喘女人叫的，生怕别人听不见，比电视上还过分。而三美屋子里无处不在的味道丝丝入鼻，似曾相识，大凤总觉得在什么地方闻到过。大凤不由得想起了三美的嘴唇，那么红、那么艳、那么勾人，大凤想骗自己都不行，这是一个风月场，三美就是这个风月场的当家人，按照镇上老人的说法，自己正身处窑子里。难怪三美在老城衣着鲜亮，却一直没回日月镇。明白了目前的处境，大凤越困越睡不着。

第二天吃中午饭的时候，三美的声音终于在门外响了起来。大凤赶紧把沙发推到了原位，打开了屋门。不管在心里把三美想得多么坏，看到三美的那一刻，大凤还是像看到亲人一样，把心放在了肚子里。所有的困意也在一瞬间战胜了饥饿感，全涌了上来。大凤的上眼皮和下眼皮失控似的在互相寻找，三美说什么，大凤听不见了，大凤只看到三美的嘴皮在动。三美红红的嘴巴好像催眠曲，动着动着，大凤就进入了梦乡。梦乡真是个好地方，白天不敢想的，不敢说的，在梦里就能想，也敢说。比如姚栓牢，就一直是大凤的一个梦。大凤从来没有奢想和姚栓牢一生一世，只要跟在姚栓牢的身边，离姚栓牢近一些，大凤就心满意足了。但姚栓牢却一直对她保持着警惕，她越想靠近，姚栓牢躲得越远，好像自己得了瘟疫一般。好几次，自己都不顾廉耻地在他面前玉体横陈了，她也看到姚栓牢在一瞬间眼睛有了光亮，但最后都偃旗息鼓了。说姚栓牢是柳下惠，大凤打死也不信。一起工作的同事，只要是有些姿色的异性，不管年龄大小，姚栓牢没有揩过哪个的油？不是捏捏这个肩膀，就是拍拍那个屁股，下作得不得了。唯独对她，总是一副正人君子的模样，或正襟危坐，或目不斜视，或视而不见，好像在他眼里，大凤就是一个摆设，或者一个物件。是自己没有吸引力吗？大凤想作践一下自己都不行，她可是日月镇上名副其实的三朵花之一啊。大凤想来想去，只有一个答案，就是别人能碰，她没人敢碰。大锁恶名在外，姚栓牢不敢给大锁头上戴有颜色的帽子。多少年过去了，一个大老板还惧怕一个小个体户，大凤觉得很可笑。

心中痴迷一个人，这个人就成了一生的梦，怨恨完了，大凤还是想姚栓牢，掏心挖肝地想。多少次在梦中，大凤看见姚栓牢一副玩世不恭的模样，满嘴喷着酒气，眼光坏坏地向她走来。大凤急切地伸出手臂，姚栓牢却每次都从自己身边走了过去，留给自己的更是无穷无尽的失望和满腔的怨恨。

躺在三美的房间里，大凤又在黑暗中看到了姚栓牢。姚栓牢和往常一样，满嘴的酒气，朝着她笑着，笑得很诡异、很魅惑。更让大凤欣喜若狂的是，这次不是她上杆子撵着，而是他迫不及待地向她扑来，带着男人的味道和霸气。大凤终于看到了一个真实的姚栓牢，那个一直在自己面前装正经的姚栓牢终于撕下了面具，对自己以及自己的身体表现出了正常的欲望和渴求。这一刻，大凤在心中祈求了多少次，今天终于来了，来得势不可当。姚栓牢像一个久违的斗士，扑到自己面前，疯狂地撕扯自己的衣服，大凤的眼泪再也抑制不住地流了下来，只有她自己知道，那是幸福的眼泪。大凤觉得自己像久旱逢甘霖一样，全身都打开了，身心都陶醉了。

姚栓牢果然是姚栓牢，是那个日月镇上不可一世的姚栓牢，虽然离开了日月镇，身居老城，仍然没有让大凤失望。大凤真正体会到了被自己渴望的男人裹在身下、身心融化的快感。老城的夜晚比日月镇的还要黑，还要静，浓浓的夜色给他们提供了舒展身心的舞台。两个人被彼此鼓舞着，把男人和女人之间的欲望挥洒得淋漓尽致，一次，又一次，没完也没够。直到两具肉体瘫软成两堆烂泥巴，堆砌在老城小巷深处的一个出租屋内。

在乡下人的眼里，城市的夜很短，短到黑夜也变成了白天。大凤却觉得，老城的夜晚很长，比日月镇的夜晚还要长。这一觉，大凤睡得很久、很死，等到她睁开眼睛的时候，她就看到了泪水，如豆的泪珠正从三美化过妆的眼睛里一个个滚出，又一颗颗滚落。在三美滚落的泪珠中，大凤看到了自己的身体，一丝不挂而又毫无羞耻地裸露在床上，白皙的肌肤上，无数道红印纵横交错，好像刚刚经受了一次鞭刑。窗外的寒风不停地敲打着窗户，玻璃上蒙上了一层寒霜。大凤这才感觉到了冷，彻骨的冷。

凤姐，我对不起你。三美的哭声像脸上的泪珠一样稠密，怪我，怪我啊，凤姐。

发生什么事了？肯定出事了？现实总不像梦里那般美好，刚刚从梦中醒来的大凤看着三美，想问却不敢问，只是拉过衣服盖住了自己的身体。

昨天，家乡来人了，大家都喝多了。三美用手指着床下，哽咽地说，可我没想到，趁我醉得不省人事，这个畜生对你做出了这样的事。

大凤这才看到，屋里还有一个人，一个赤身裸体的男人。此刻，那个男人的头抵在了地板上，肩头抽动着，额头在地板上一下一下地磕着。

这虽然也是一个男人的裸体，但绝不是姚栓牢的裸体。姚栓牢的身材多厚实啊，像山一样。地上的这个男人身板瘦弱，大凤能看到他背上的脊梁骨。

你是谁？大凤觉得天塌了下来。

大凤，你饶了我吧，地板上的男人说，我不知道是你啊，她们告诉我说是小姐。我要知道是你，打死我也不敢啊。

这个声音似曾相识，大凤在脑子里搜寻了一遍，还是想不起来，你到底是谁？大凤感觉自己的声音都变了，把头抬起来。

男人好像用尽了全身的力气，才把硕大的脑袋慢慢地显露在了大凤的面前。大凤在看到男人脸庞的一瞬间，差一点儿晕厥。她抓过被子，裹在了身上，大凤怎么也想不到，昨晚和自己要死要活的竟是他。

屋子里出现了短暂的宁静，三美看看地上的男人，又看看大凤，苍白的手指朝地板上晃动着，你看看你做的好事，都是一个街上长大的，乡里乡党的，你怎么下得了手，三美气得话都说不出来了，大锁哥知道了咋办？

冰冷的瓷砖上，郭一凡的头捣得鸡啄米一般，我不知道啊，昨晚虽然黑着灯，我也喝了酒，但我看得真真的，也听得真真的，明明是一个南方口音的小女娃。怎么早晨起来，躺在身边的竟然是大凤妹子……

姚栓牢摊牌

虽然窄，却全是柏油铺就的路面。山路一个弯接着一个弯，蛇一样随心所欲地卧在日月山腹地。司机显然已经对路况了如指掌，驾车的动作轻松、娴熟。一边是山，高耸入云；一边是沟，深不见底。不管山上，还是沟里，全都绿油油的。日月山真是块肥地，即使冬天的山里，景色也如诗似画。车里的空调温度适宜，感觉不到一点儿冬天的寒气。镇长黑娃坐在后座上，一阵阵发冷。不是身上冷，而是心里冷。越野车越往山里走，黑娃觉得身体里的寒气越重。这一片山林，按照行政区域的划分，明显属于日月镇的辖地。而在自己管辖的范围内，他实在想不起来什么时候修了这样一条路，崎岖却平坦的柏油路。对于日月镇上的人来说，日月山就相当于日月镇的头。有人在自己的头上动了土，自己竟然不知道。这是多么可怕的一件事。在日月镇，有这个能力也有这个实力的，无疑只有姚栓牢一个人。多年的政府工作经验，使得黑娃镇长已经喜怒不行于色，尽管内心惊涛骇浪，脸上却没有表露出来。尤其不能让司机看见自己的惊讶和慌张------这是姚栓牢的司机，此刻，一镇之长的他正坐在姚栓牢的越野车内。这辆越野车，挂的是老城的牌子，黑娃曾在日月街上见过，当时还以为是路过的车辆。黑娃当然是第一次坐，就像他不知道这条山路是什么时候修的一样，他也不知道姚栓牢还有这样一辆车⋯⋯姚栓牢的事，还有多少他不知道？！曾几何时，他一直很自信，也一直心平气和而又气定神闲地看着姚栓牢在自己的手心里折腾，那时候他想的是，如果姚栓牢是孙猴子，那他就是如来佛，他从没想到这只猴子能从自己的手里蹦出去。现在看来，这只猴子不但早就蹦出去了，可怕的是，他竟然不知道他是何时蹦出去的，蹦出去后又做了多少自己不知道的事情。

身上的衣服显得有点多了，黑娃头上冒出了汗珠，后背也湿了。趁司机不注意，黑娃用袖子擦掉了额头的汗，又在心中暗暗告诫自己，冷静。越是在这个时候，越要冷静。虽然是山路，车速却很快。车速越快，谜底也就离自己越近。现在自己要做的，就是不动声色。

兵来将挡，水来土掩。黑娃在心中默默地为自己打气。

不知道拐了多少个弯，在两个山谷之间，突然出现了一块空地，面积虽然不大，地面却很平整。一幢青砖砌成的两层楼房，横卧在两座山的底部，一头搭在这座山脚，一头搭在那座山脚，将两座大山连接了起来。而平地的中间，有一块巨石，面目狰狞，动感强劲，似乎有头有尾，有腿有肚，顶部却平整光滑。黑娃在看到巨石的第一眼，毛发差点直立，那分明是一只雄踞山间的深山猛虎。几乎就在巨石突入眼帘的同时，坐在巨石后面的姚栓牢也映入了黑娃的视线。黑娃定了定神，从老虎石上移开了目光，巨石的前面，是一棵叫不上名字的大树，树干虽然很粗，树冠却不是很大，像一把伞一样，撑在老虎石的上方，好像它矗立于此的目的，就是为了给老虎石遮风挡雨。黑娃虽然第一次来到此地，看到眼前这样的情景，也知道这是居于深山老林里的老虎沟了。老虎沟的传说，早在黑娃的耳中磨成茧了。只是山高林密，再加之路途遥远，几次欲成行，最后却都放弃了。

越野车停在了卧虎石旁，司机下了车，钻进了一楼的一个房间，好像隐入了大山，消失了。姚栓牢坐在老虎石边，正在洗茶。因为太专心致志了，他没有抬头，更没有侧身看旁边不远处已经熄火的车辆一眼。黑娃坐在车里没动，他的脸上没有表情，甚至没有再看姚栓牢一眼，眼睛一直盯着前方。前方是一座隐在山间的楼房，一色地用青砖砌成。这样的青砖，现在已经很少见了。只有在修建寺庙的时候才舍得用。楼房的后面，是巍峨的青山和茂密的丛林，是老虎出没的地方。现在，真老虎已经快要绝迹了，而假老虎却旁若无人地坐在老虎石边饮茶品茗，几十年在日月镇历练下来，什么样的场面没有经过，什么样的人没有见过？想到这里，黑娃鼻子里哼了一声，眼睛也懒得睁了，闭目养起神来。

过了一盏茶，也许两盏茶的时间，姚栓牢突然抬起头来，好像刚刚发现身旁不远处停了一辆车。他诧异地站起来，走到车跟前，围着车转了一圈，终于隔着玻璃看见了车里的人，姚栓牢急忙拉开门，满脸堆满了笑意和歉意，镇长哎，我的黑大哥，什么时候到的，到了怎么不下车？

黑娃镇长脸上的皮肉动了一下，揶揄道，车太高级了，门锁着，下不了车。

黑大哥，这车坐着咋样？姚栓牢一边把手放在门框上，一边问道。

姚大老板的坐骑，还用说吗？黑娃冷笑道。

两个人都站在了平地上，面对着两层楼房。

大哥，觉得这楼房咋样？姚栓牢先是镇长，接着是黑大哥，现在又把称呼自然地变成了大哥。

好是好，就是不知道有没有审批手续？黑娃一副沉思的样子。

知道这是谁的吗？姚栓牢满脸神秘。

不确定的事情不急着表态，是黑娃多年总结出来的习惯。但是，这种一问一答的对话，由于角色异位很让黑娃心里不爽，平时，都是他问，别人答。

黑娃说，即使是你的，也是擅自修建的？！

没想到姚栓牢的头摇得像个拨浪鼓，不对，不是我的。大哥，你怎么会想到是我的呢？

黑娃让姚栓牢搞糊涂了，不是你的是谁的？

你的。姚栓牢的语气很坚决。

放屁。黑娃说了一句粗话。

不是放屁，是真的。姚栓牢用手指了指房，又转过身，用手指了指车，说，这个和这个，都是你的。

黑娃不再说话，按照以往的经验，姚栓牢如此下血本，这次胃口肯定小不了。黑娃心里明白姚栓牢志在日月街，但日月街就那么一点儿地方，何况县上为了发展经济，明确提出"不求所有，但求所在"，让姚栓牢这样有资金实力的人开发也符合政策，黑娃实在想不明白姚栓牢还有什么目的，总不会一脚踏在商场，一脚踩在官场，想当镇长吧？黑娃在心里又哼了一声，真是让钱烧昏了头，竟然不知道镇长是要人大代表选举的，而每年人大代表提交的议案，一半就是针对他姚栓牢的，不是污染环境、偷税漏税，就是违反《劳动法》，要不是看在他为日月镇经济发展做出贡献的份上，镇政府出面千方百计为他开脱，他早就被逐出日月街了。

下这么大血本，想当镇长啊？黑娃有意揶揄道。

大哥，你骂兄弟我。姚栓牢急得满脸通红，我知道自己几斤几两，我是生意人，只想做生意，在大哥的庇护下做生意。

这话黑娃听着舒服。既然从商，就老老实实做个商人，和气生财、本分生财、谦恭生财、低声下气也生财，千万别以为自己有钱了，翅膀硬了，在让自己有钱的人面前摆谱、较劲、耍心眼，否则，你是怎样有钱的，就怎样可以把你打回原形，让你重新变得一无所有。黑娃看着姚栓牢找回自己应有的位置了，慢腾腾地走到老虎石后面，在姚栓牢刚才坐着的椅子上坐了下来。姚栓牢赶快倒了一杯热茶，双手递了过去。

心里不较劲了，冬天的深山就显出冷来，黑娃突然打了一个喷嚏，这才觉得，大冬天的，即使坐在威武的老虎石后，也不那么舒服，浑身冷飕飕的。看来，煞费苦心的姚栓牢也不容易。黑娃想尽早结束屋外的对话，用十几年来一直看姚栓牢的目光看着姚栓牢，到底什么事，说吧？

姚栓牢小心翼翼地盯着黑娃的脸色，更加小心翼翼地说，开发日月街，其他都好说，就是大锁那座院子动不了，影响了整个工期，我实在没办法了，得麻烦您出个面。

神 秘 女 人

　　傍晚时分，日月街上来了一个时尚的年轻女人。从打扮的新潮程度来看，日月镇的人还以为是大凤换了一副衣着又回来了。仔细看了，才发现不是。大凤虽然蛮横，但只是外表上的一种装模作样。这个女人透着一股肃杀之气，脸色冷、气势冷、全身冷，是由骨子里发出来的那种。她身着一件黑皮大衣，脚蹬一双黑皮靴，浓密而又长长的头发搭在肩上，戴着一副黑色眼睛，遮住了大半个脸。她不说话，从日月镇东头的大柳树下显身，在大柳树下站了很久，脸上没有一丝表情。干冷的柳条有意无意地拂在她的身上，她好像没有感觉一样。她一直盯着二丫家的大门，但却没有靠近门口一步。她终于又往前走了，从她在镇东头一下车，已经吸引住日月镇人的目光。她从东往西走的时候，日月镇上的人都觉得这个女人有点面熟，有年龄大的人看着看着，突然半张开了嘴，脸上出现了恍然大悟的表情，但是，她不开口，就没有人敢上前舔着说话。她往前走一步，她身后的一辆黑色的小轿车无声地移一步，始终和她保持着一两米的距离。在日月镇上，姚栓牢也没有这么大的谱。

神秘的女人却对日月镇上的人没有兴趣，她好像看不见站立在街道两旁的人，或者说，她的目光从这些人的头顶越过，盯着每一个院落，每一间房屋，看一会儿，就沉思一会儿，好像里面有她的故人，或者她熟悉每一个院落里面的布置和它里面发生的故事。偶尔有挡住视线的，她墨镜框上面的眉头就有些烦躁地跳一下。尽管如此，她的双唇一直紧闭着，好像傍晚时分的两片红了脸的月牙儿重叠在了一起。日月镇上的人明显感觉到了一种居高临下、目中无人的冷漠和傲慢。

直到走到镇中心的时候，她在大锁的门前停了下来。大锁的醋坊已经形同虚设，除了空中飘荡的一个"醋"字，醋坊的门板上脏兮兮的。醋坊门前，更是砖块突兀、纸屑乱飞，显然很长时间没有营业了。院落更是大门紧闭，不知道里面有人还是无人。日月镇上的人们跟随着年轻女人都把目光都落在了大锁家的大门上，他们不知道她在看什么，他们只知道她在看着，他们跟着看就行了。大门光秃秃的，除了斑驳的油漆，什么也没有，但有眼尖的镇上人发现，女人的眼眶红了，红得黑色的镜框都没有遮住。这个女人肯定和大锁有关系，难怪看着面熟。人群重新变得叽叽喳喳，人们又开始交头接耳。女人看了一会儿，转过了身，目光投向了大锁家的对门，也就是大凤的家。站在大凤家门口的人看见女人的目光扫了过来，赶紧让开了地方，这样，女人的目光就无遮挡地落在了大凤家的门上。大凤家由于长期没人，已经很破败了，门是木板的，而且板与板之间的缝隙很大，显露出来的房屋也很陈旧。女人看着看着，一行泪珠蚯蚓般地在白皙的脸上爬出了弯弯曲曲的泪痕。就在人们诧异的瞬间，女人站正了身体，恭恭敬敬地向着大凤家的大门鞠了一个躬。围观的人群静了，静得只能听见呼吸声。就在人们开始对大凤家的大门肃然起敬时，女人又往前走了。往前走的女人再也没有回一下头。

从镇中到镇西的路，女人走得很快。快得跟在身后的小轿车的屁股上冒出的烟更浓更粗了。那时候，夕阳正好挂在西边的山上，女人迎着夕阳走着，浓密的头发在肩头跳跃着，修长的身子在身后拖出一个更修长的影子。影子跟着女人往前移动着，很快覆盖在了紧随而至的小轿车车顶。那一刻，日月镇上所有的人都屏住了呼吸，就连抱在大人怀里的孩子，也把手指塞在嘴里，一边流着哈喇子，一边睁着圆圆的眼睛看着，忘记了啼哭。

女人一直走到镇西一间破旧的院子旁，才止住了脚步。那是怎样的一间院子啊，大门破损不堪，泥土砌成的院墙已经坍塌了几个豁口，说有门，其实和没门一样；虽然有院墙，腿长的人一抬脚，就能从墙外跨入墙里。不用说，这是一个被遗弃的院落，看样子已经荒废好多年了。就在这样的一座院落跟前，女人停住了脚步。没有人能看清女人脸上的表情，人们只看见女人的肩头不停地抖动。

三美，你是三美吗？二丫什么时候站在女人身边的，镇上的人没有注意，但二丫的话语，好多人都听见了。

围观的人一副恍然大悟的表情，难怪那么眼熟，原来是三美！

出落得水灵灵的不敢认了？人群中有人摇着头说。

也有人提出了疑问，我觉得不是三美，模样像，但人不像。

咋不像？立即有人反问。

要是三美，咱们都是她的长辈，她咋谁都不理呢？

刚刚兴奋的人群又沉默了，所有的人都不说话了。只有二丫伸出手，想在女人的肩头拍一把，想了想又缩了回来。

三美，真的是你吗？二丫又怯怯地问道。

女人没有回答，却一个急转身，在二丫还没有反应过来的时候，一把将二丫拥在了怀里。沉默的日月镇上的人都看见女人的眼泪像断了线的珠子一样，从乌黑的墨镜边框掉了下来，消失在二丫的肩头。

夕阳就在这个时候突然掉在了山后，整个日月镇一下子黯淡了。冷风像一个没人管也没人疼的孩子，肆无忌惮地冲了过来。日月街上的男人和女人都没有了当初的兴奋和好奇，或拉或抱着自家的孩子，悄无声息地离开了。偌大的日月镇上，瞬间只剩下了相拥在一起的三美和二丫，还有那辆在生冷的空气中发着寒光的黑色小轿车。

日月镇的天变了。

日月镇的天比往年更冷了。

上了年纪的日月镇人都记着，在十年前同样冷的一天，也是黄昏，一个十几岁的女孩，满脸泪水哭着敲响了日月镇上每一户的家门。女孩的父母因病在同一天离开了人世。不是日月镇的人心硬，实在是女孩的父母亲久病在床，几乎借遍了日月镇每一户人家的买

140

药钱。所以，尽管女孩敲遍了每一家的门，也都在每一家的门前磕了响头，日月镇还是没有一家愿意借出一副棺材钱。那一天，那个女孩绝望的哭声就像刮在日月镇上的冷风一样，刺在了所有日月镇人的记忆中，成了日月镇人心头上的一块暗疤。多少年过去了，那块暗疤早被岁月抚平了，没想到又被一阵风刮了回来。

年龄大了，就怕冷。日月镇上的人都把怕冷的身体藏在了冷风吹不着的大门后。门外的日月街又回到了十年前的情景，只剩下了十几岁的二丫陪着十几岁的三美在日月街上放声痛哭。

郭一凡走进了大锁的家

如果按年龄，郭一凡比大锁还要大好几岁。但按习惯，郭一凡却一直管大锁叫老大。从什么时候开始的，大锁已经不记得了，但郭一凡却记得。郭一凡和姚栓牢是同学，整天跟在姚栓牢的后面，那时候，郭一凡一直管姚栓牢叫老大。郭一凡最感兴趣的事就是跟在姚栓牢后面跟踪二丫。直到那天大锁从天而降，飞起一脚把姚栓牢踹下土崖的时候，偷偷躲在后边的郭一凡觉得站在土崖上的大锁很威风、很威武，比姚栓牢更像老大。看着大锁怒目圆睁的脸庞，郭一凡抑制不住地叫了一声"老大"。从那以后，好多年过去了，郭一凡竟然没有改过口来。

老大，郭一凡衣着鲜亮地站在大锁黯淡的屋子里，朝着侧身躺在床上的大锁的后背说，有好事。

屋子里弥漫着一股味道，令人窒息的腐朽味，有这种味道的屋子表明主人已经很长时间没有起床了。

郭一凡皱了皱眉头，手在鼻头上捏了捏，老大，怎么了？

大锁翻过身，目光阴沉地看着郭一凡，一言不发。

郭一凡大腿不由自主地颤抖了一下，躲开大锁的目光，老大，你知道吗？三美回来了？

大锁的眼睛动了动，又不动了，仍然直直地盯着郭一凡。大锁越是不说话，郭一凡心里越嘀咕。他的眼睛一直盯在大锁的双腿上，只要大锁一抬腿，他就准备撒腿往外跑。好在大锁不但腿没有动的迹象，浑身上下没有一点儿要动的意思。就连眼睛，看了他一会儿，也闭上了。郭一凡偷偷擦了擦额头的汗，慢慢地把心放进了肚里。只要大锁还蒙在鼓里，郭一凡觉得事情就有回旋的余地。

老大，三美不但回来了，还带回了一个"三美来了就发"的公司。郭一凡重新使自己的语气变得兴冲冲的。

郭一凡看见大锁的手动了一下，本能地往后退了退，大锁的手却伸向了床头。床头，有一个烟盒，大张着口，里面空空如也，一支烟也没有。郭一凡在心里暗暗埋怨自己太紧张了，满地的烟头自己竟没有反应过来。他从兜里拿出了早就准备好的一包烟，一包大锁经常抽、也最喜欢抽的烟。大锁没有客气，很熟练地打开在嘴上叼了一支，郭一凡急忙上前一步，用打火机点燃了。

一口浓烟从大锁的嘴里吐了出来，屋子里的味道被烟味覆盖了。大锁的目光里没有了敌意，什么好事？

郭一凡说，三美回来了？

大锁向郭一凡站立的地方喷过来一口烟，又问道，什么好事？

美来发，郭一凡说，"美来发"公司接盘了？

大锁从床上坐了起来，一边狠狠地吸了一口烟，一边看着郭一凡，你不是给姚栓牢跑腿吗？难道这个"美来发"也是姚栓牢的公司？

不是，老大，你听这名字，就不是姚栓牢的公司。郭一凡轻轻地吐了一口气，又说，老大，你误会我了，我现在不给姚栓牢跑腿了，我给镇政府跑腿。

这个"美来发"是干什么的？

接替姚栓牢专门来开发日月街的，郭一凡很兴奋，可有钱了。

姚栓牢会放弃？大锁说。

不是姚栓牢愿意放弃，是镇上的人都不愿意让他开发。要不，布告贴出去一个月了，每天都有人到镇政府抗议。老百姓意见可大了。

大锁又躺在了床上，嘴上叼上第二支烟，管他姚栓牢还是"美来发"，谁也别想打我院子的主意。

郭一凡没有放弃，老大，你就不想知道"美来发"的老板是谁？

你不是说了吗？大锁从鼻子里哼了一下，三美来了就发，三美呗。

原来老大你知道啊，郭一凡从大锁的嘴上拿下烟头，扔在了地上，又往大锁的嘴里塞了一支，一边点烟一边说，现在的三美，可了不得了，这次回来势大得很，一下子拿下了日月街三十年的经营权，听说，连姚栓牢的机械厂也要一口吞了。

大锁好像被烫了一下，一口把烟吐在了地上，这么大的胃口，你没开玩笑，真是那个从咱们日月镇失踪了的三美？

老大，原来你不知道啊？郭一凡脸色凝重地看着大锁，一字一顿却还是小心翼翼地说，真是三美，从小在日月镇长大的三美，招呼也没打，突然回来了。

一个十几岁女孩的样子出现在了眼前，大锁看见女孩的眼里全是泪水，三美真的回来了，她现在在哪里？

和二丫在一起。郭一凡说，正和二丫抱在一起哭呢。

大锁觉得匪夷所思，一个连自己的父母都无力安葬的女孩，失踪几年后，就要一口吞掉日月街？想想都不可能，大锁觉得自己被郭一凡幼稚的说法欺骗了，他不想再搭理郭一凡了，甚至再也懒得看他一眼。大锁倒头又躺在了床上，碍于一盒烟的情面，闭上眼睛后，他觉得不说点什么不好，最近老是犯困，我要睡觉了，你走的时候把门闭上，天冷。

屋子里面却没有一点儿动静，有风进来，把门帘吹得呼呼直响。屋子里面的火炉早就灭了，冷风就很嚣张，直往骨头里钻。郭一凡也不听话了，大锁有些烦躁，他转过身，这才看见屋子里除了郭一凡，还站着两个人。一个是被窝里还残留着其味道的二丫，另一个大锁就是想破脑袋也把她和消失多年的三美联系不到一起的人。

这样的女人，大锁长到这么大，只在电视里见过。这样的女人，怎么会是从日月街走出去的？大锁下意识地从床上爬了起来，先是瞪了郭一凡一眼，又把目光在二丫身上停留了一下，两只手在脸上搓了搓，不好意思地笑了笑。

三美回来了？

大锁哥还认我？三美笑着说。

不敢认，大锁用手指了指郭一凡，听郭一凡说的。

人家现在是镇政府开发局的郭局长，三美在郭一凡的肩头拍了一把，开发经济眼光独到，这不，把我从老城招回来了。

这么说，郭一凡、郭局长说的是真的，大锁问道，你要买下整条日月街？

在日月镇，二丫是公认的美人，站在三美身边，整个人就和身上的衣服一样没有了光彩。比二丫长得还美的三美一笑起来就更好看了，三美两只眼睛忽闪忽闪地看着大锁，脸上两个酒窝像眼睛一样，看起来就有四个眼睛对着他笑，不是买，是开发，我已经和镇政府签了合同，由我们公司对日月街进行整体开发，之后由我们经营，几十年后又还给政府。

三美说的话，大锁在镇政府的布告上看过，一直没看明白。他也没想弄明白，他觉得这和自己没有关系，不管别人愿意不愿意，反正他不同意，想让他搬走，没门。但对着三美，这样的话他说不出口。大锁把头扭向郭一凡，黑娃镇长同意了？

郭一凡说，可不，合同都签了。现在各个地方都在鼓励开发，刺激地方经济。

镇上的人都同意了？大锁接着问。

三美到底是从咱日月镇走出去的，出手大方，没有亏待家乡人，现在就剩下你和大凤的院子了。郭一凡说，大凤的爹娘走后，家里就剩大凤了。如今大凤虽然不在，但她的也就是你的，整个日月镇能否早日过上好日子，就在老大你一句话了。

大锁又看了二丫一眼，二丫一直没有说话，见大锁的目光移了过来，就躲开了。大锁只好把眼睛在三美的身上停住，这么说，三美今天到家里来，就是让我腾地方来了？

不管大锁的目光游移到哪里，三美的一汪秋水始终水汪汪地浸润在大锁身上。听了大锁的话，三美眨巴着眼睛说，大锁哥，我是来请你吃饭的。

黑娃镇长生气了

　　雪停了，空气冰凉，整个日月镇都被冻住了。黑娃下了车，像往常一样走进了镇政府。传达室的老头也破天荒地脱离了岗位，镇政府里没有一个人，安静得有点可怕。黑娃总觉得有些不对，到底哪儿不对，他却说不上来。这样的感觉已经有一段时间了，黑娃相信自己的判断。一只脚已经跨进办公室的门了，黑娃想了想，又把脚退了回来。好长时间没去镇上的街道转转了，黑娃转过头，出了镇政府的大院，往东而来。

　　路上的行人不少，黑娃觉得都很面熟，越走，越觉得不对。平时，只要他出了门，不管认识不认识，人还没看清，招呼声就已经飞过来了。今天，迎面已经走过去好几个人了，却没有一句问候的声音。这么多年了，只要走在日月镇的街道上，黑娃的目光一般不往哪个人的身上落，随着一句句不同的问候，他只是或高兴，或严肃地点头，从不看是谁。今天，他却不得不看了。多年的习惯被打破，肯定是有原因的，到底是什么原因，必须得直视这些出问题的人。

前面又过来了一些人，远远地，黑娃的目光就落在了他们的身上。虽然叫不上名字，但他知道这些都是日月镇的人。黑娃看见这些人的同时，这些人也看见了他。目光还没有交流，这些人突然拐入了旁边的一条小路，而且明显加快了脚步。黑娃的脸第一次在日月镇臊得慌，这种感觉一下子破坏了黑娃的兴致。他黑着脸转过身，发现通往镇政府的路不但窄了许多，而且坑坑洼洼的，很让他没有面子。

　　重新跨进镇政府，郭一凡正在挥动着扫帚，清扫院子里的积雪。看见黑娃进来，郭一凡头顶的汗珠从绽开的笑脸上抖落下来，镇长早，郭一凡说。黑娃看着郭一凡没有掺杂一点虚假的真诚笑脸，心里感叹道，这是今天自己看到的第一张发自内心的笑脸了。从郭一凡身边走过的时候，黑娃说了一句，歇会儿吧，来我办公室坐坐。自从进了镇政府，郭一凡每次见了黑娃都是一副标准的热情洋溢的笑脸，而黑娃最多只是点点头，从没回应过，郭一凡已经习惯了。今天也一样，郭一凡没有期望黑娃答应，打过招呼，他往后退了退，正准备等黑娃镇长进屋后继续扫院子，突然传来的邀请让郭一凡抬头看了看天空，又用手掐了掐红彤彤的耳朵。在镇政府，同样的话黑娃从不说第二遍，郭一凡确认自己的耳朵没有听错，他一把扔掉了扫帚，三脚并作两步进了镇长办公室。

　　坐在办公桌后，看着站在面前的郭一凡谦恭而又唯唯喏喏的脸，黑娃有点怀疑刚才的遭遇是不是真的。在自己经营了近二十年的日月镇，怎么会发生这样令人匪夷所思的事情呢？也许是自己过于敏感了，那几个人并不是有意躲避自己，黑娃在心中这样对自己说。

但是，刚才的经历历历在目，黑娃想忘记都不行。黑娃镇长想验证一下，看看日月镇是不是变天了。他不敢拿别人做实验，在日月镇，在他心里，他最信得过的就是大锁了。

去，把大锁给我叫来，黑娃看着墙壁上的钟表说，现在是八点钟，给你二十分钟，八点二十，你和大锁都要站在我面前。

黑娃的话刚出口，郭一凡已经箭一般射了出去。黑娃从郭一凡向前倾斜的背影上又找到了镇长的感觉，来回二十分钟，不跑显然是不行的。郭一凡用自己的实际行动证明，镇长黑娃在镇政府说话还是像原来一样"掷地有声"的，黑娃很满意郭一凡今天的表现。暖风慢慢地占领了屋子里的每个角落，冷气被赶了出去，黑娃的心情随着屋子里温度的上升逐渐好转起来。他泡了一杯普洱茶，看着开水在玻璃杯里变色、蔓延，继而把整个杯子变成了深红色。黑娃盯着茶杯，玻璃杯上慢慢地显现出了一张脸，姚栓牢的脸。黑娃这才想起来，茶叶是姚栓牢送的，黑娃抬头第一次认真地看了看办公室，竟然发现处处都有姚栓牢的影子。黑娃的情绪一下子被破坏了，他有些冲动地抓起玻璃杯，把里面的茶水连同姚栓牢的脸倒进了垃圾桶。

眼不见，心还烦。姚栓牢现在已经成了他的心病。

郭一凡的嘴里全是热气，头顶上也冒着热气，站在他面前，胸脯起伏了半天，一句话也没有说出来。黑娃抬头看了看表，郭一凡竟然迟到了五分钟。

人呢？黑娃往郭一凡的身后看了看，又侧耳听了听，门外也没有脚步声，忍不住问。

正睡觉呢。郭一凡终于喘出了一口气,叫不起来。

黑娃的脸瞬间变得铁青,咋叫的?

说是您叫的,郭一凡说。

说我了?

说了,郭一凡脖子上的筋都凸了起来,跟没听见似的?

你确定大锁醒着?黑娃还是有点儿不相信。

他虽然没有回头,嘴里却蹦出了一个字。郭一凡说。

什么字?黑娃盯着郭一凡的嘴巴,恨不能从里面掏出话来。

滚。郭一凡气喘吁吁地说。

那几个拐入小路的人又出现在了眼前,黑娃愈发有一种不好的预感,如果连大锁也不听他的话了,那他以后在日月镇的日子就不妙了。凭着对大锁的了解和对自己的自信,黑娃不相信大锁会这样。

再去,黑娃冲着郭一凡大喊,我就不信了,再去告诉他,看他来不来。

郭一凡还没有见过黑娃镇长发火的样子,现在的这个样子应该算发火了。在日月镇,镇长黑娃发火是不得了的事情。郭一凡闻声再次把自己变成离弦的箭,从黑娃镇长的办公室射了出去。

屋子里重新变得安静了,黑娃点燃了一支烟,却没有抽。头顶上烟雾袅袅,难道日月镇真要变天了?桌子上面有一枚硬币,五分钱的,现在已经很少见了。每次感觉不好的时候,黑娃都要在桌子上把它转成陀螺,然后一巴掌拍下去,如果是正面,就是虚惊一场。这是黑娃的一个小秘密,他只给姚栓牢用过,百试不爽。这次把硬币拿在手里的时候,黑娃心里有了一种悲凉的感觉,他怎么也没有想到，有一天，他会用这个方法来测试大锁。

　　硬币已经在桌面上飞速地转动起来，黑娃抬了几次手，都没有拍下去，他不敢面对结果。眼看着硬币有气无力了，黑娃一把将硬币劈下了桌面。看着硬币在地上蹦跳了几下，滚入了床下，黑娃长长地舒了一口气。多少年了，大锁不但是他在日月镇上最信任的人，更重要的是，大锁还是他和姚栓牢博弈的最后筹码。姚栓牢的翅膀硬了，硬到了黑娃不舒服的地步。有时候黑娃看着姚栓牢的背影，忽发奇想，人要没有翅膀多好。没有翅膀，人永远是人，就会老老实实地在地上待着；有了翅膀，就爱幻想，老想离开地面，飞到天上去。现在，姚栓牢硬了的翅膀已经在自己眼前扑腾了，大锁不会也在自己不经意的时候，长硬了翅膀，要离自己而去了吧？！

　　屋子里闷得慌，黑娃走出屋外，虽然站在门口就能看见通往镇政府的马路，黑娃却没有看一眼。他把目光移到了天上，天空灰蒙蒙的，都被尘土占领了，连只鸟儿也没有。一天才刚刚开始，天就变成了这样。黑娃知道今天再不会有好天气了。

　　急促的脚步声把黑娃的目光从天空扯了下来，黑娃用余光扫了一眼，看见郭一凡热气腾腾地朝自己跑了过来。黑娃转身进了办公室，反锁上了门，把郭一凡拒在了门外。现在，黑娃需要一个安静的环境，他要好好想一想，想一想自己，想一想日月镇的未来……

二丫伤心了

日月镇上，不管男人、女人，年少者还是年长者，凡是对三美有记忆的人都觉得，三美变了，变大了，变漂亮了，变成熟了，变冷酷了，变得眼睛长到了额头上，看不见或者装作看不见左邻右舍了，总之，变得不像日月镇的人了。唯独二丫觉得，三美还是原来的三美。三美变了的只是外表，内心还和原来一样善良。要不，一个被日月镇抛弃的女孩，发了大财以后并没有翻脸不认日月镇，而是不远千里，从老城拿着钱回来建设家乡了。

其实，让二丫更高兴的是，她正为和大锁一起离开日月镇以后的日子发愁。人都是感情动物，尤其是像她这样痴情的女人，感情一涌上来，就不管不顾了，哪怕明天天要塌了，也明天再说。原来和大锁一起出走，只是无数次萦绕在心头的一个梦想，梦想即将变成现实的那一刻，二丫就开始为她和大锁以后的未来着想了。二丫家里有钱，抽屉里面全是，够她和大锁吃一段了，但那是姚栓牢的钱，二丫不能拿。二丫知道大锁的醋坊赚了不少钱，但大锁结婚以后，都是大凤管家，钱都在大凤身上。二丫正在一筹莫展的时候，三美回来了。如今的三美今非昔比，显然已经腰缠万贯了。她要买下整条日月街，这是三美把她拉到那辆日月镇以前没有的轿车上以后，偷偷告诉她的。这话要从别人嘴里出来，二丫不相信，包括从姚栓牢的嘴里，她都认为姚栓牢是在做梦。但从三美薄薄而又鲜嫩的嘴里吐出来，二丫看出来是认真的。最为可信的是，三美给的价钱不低，拿自己家那点宅基地来说，除了给爹和弟弟留了数目不小的安置费，又单独给了自己一笔钱。这笔钱足够她和大锁在外面站稳脚跟了。何况还有大锁。大锁屋子的位置就更金贵了，同样的面积，三美开出的价钱竟然是她家的三倍。二丫感觉新生活在向自己招手了，她想象不出来，大锁知道这个消息后该有多高兴。三美是被二丫带到大锁家的。大锁家二丫不知道进了多少次，尤其是在大锁家醋坊那段时间，她天天待在大锁家。但哪一次也没有这一次让她兴奋，有了三美在身边，二丫的脚步轻快极了。二丫万万没有想到的是，在自己眼里天大的好事，大锁的反应很冷淡，冷到伤了她的心。但大锁丝毫不顾忌自己的感受，好像以后的生活和她没有关系似的。有一瞬间，站在三美身边的二丫傻了，她已经不顾忌三美如何看她说出的大话了，她在心里一遍又一遍地想，那天晚上，大锁哥的话是从心里说出来的吗？

　　幸好姚栓牢不在家，没有人纠缠。二丫出门，也没了限制。晚上，日月镇上家家屋门紧闭，不再有光线穿门而出、照到街道上的时候，二丫轻轻地离开了她和姚栓牢的别墅，向东边的田地走去。夜色窒息了道路，周围充满了未知，二丫却一点儿也不觉得害怕。她觉得自己的心空了，原来，在这个世上，还有一个叫大锁的男人，现在，只有娘的坟头才是她心里的归宿。她想问问娘，自己是不是任性了，随着心走到底对不对。

夜晚的野外，除了身上的寒风、耳中鸟儿的怪叫，什么都听不见。这已经是二丫连续第三个晚上来到娘的坟头了，娘真的不管她了，不管她怎么倾诉，始终一言不发。倔强的二丫没有放弃，她直直地跪在娘的坟头，看着坟头上黑魆魆的杂草东摇西摆，二丫屏住呼吸，还是一点儿声音也听不到。只有寒气陪着二丫，无休止地在野地里流淌。二丫感觉腿麻木了，不知道是跪的，还是冻的。二丫侧过身体，坐了下来，背靠在墓碑上。她不想往远处看，眼睛却忍不住不停地在小路上逡巡。夜色把通往墓地的小路虚化成了一条灰布，似有若无地抖动着。二丫不知道是路在动，还是自己的身体在抖。她隐隐约约地觉得，自己的身体缩成了一团，后来越变越小，最后成了坟头上的一棵杂草。二丫在梦中笑了，真要成了娘坟头上的一棵草，就好了，就可以永远陪着娘了，就有人说话了，更有人疼了。二丫小的时候，听娘说过，人在梦中，是不会流泪的，但二丫的泪水不可遏制地从眼眶里流了下来，越流越多。二丫有些糊涂了，不知道自己是醒着，还是在梦中。就在这似梦似醒中，二丫看见有人站在了跟前，一言不发地看着她。二丫已经不知道什么是害怕了，她抬起头，天真而又傻傻地问，你是谁？来人不说话。二丫又问，你是来找我的吗？你还来找我干什么？来人好像是个哑巴，还是闭口不言。二丫笑了，我知道了，你肯定和我一样，是个没娘的孩子，没有人惦记，没有人疼。二丫说这句话的时候，感觉身上突然不冷了，冷风好像突然消失了。二丫就高兴地笑醒了。醒来的

154

时候，她看见坟头真的站了一个人，她虽然不冷了，站在面前的人却冻得浑身发抖。二丫看清了来人的模样，"哇"的一声哭了，整整等了三个晚上，他终于来了。二丫所有的等待在一瞬间都化成了委屈，她想站起来，扑进来人的怀里，双脚却不听使唤。

大锁一直没有说话，他伸出双手，把二丫抱进了怀里。大锁感觉二丫轻得就像一棵草，是自己让二丫变成这样的，一阵负疚感使他的脚步变得飞快，长长的日月街睡着了，只有他和二丫两个人像风一样在街上流动。大锁几乎是小跑着把二丫抱进了自己的家，二丫浑身哆嗦，额头却发烫，他连二丫的鞋都没来得及脱，就将二丫塞进了被窝。即使在被窝里，二丫仍然抖动得像坟头上的草一样。大锁翻箱倒柜把所有的被子都拿了出来，盖在了二丫的身上。二丫仍然抖个不停。大锁钻进被窝，把二丫紧紧地搂在怀里，二丫的脸通红，在进入他怀抱的那一刻，却奇迹般地安静了下来。慢慢地，大锁看到二丫额头上全是汗，汗水和泪水混合在一起，一颗一颗地滴在他的胸脯上。一直到天亮，一直到二丫睁开眼睛，大锁一动也不敢动。好像他动一下，二丫就永远不会醒来一样。

天快亮的时候，二丫终于醒了。二丫只用鼻子闻了一下就知道自己躺在哪里，空气中全是大锁的味道。二丫没有动，只是用鼻子深深地吸了一下，然后屏住呼吸，想把吸进去的味道永远留住。实在憋不住了，二丫才把吸进去的空气变成毛毛虫，爬在了大锁的脖子上。立刻，就招来了大锁欣喜的笑容，你终于醒了？

二丫明知故问，这是哪里啊？

家里。大锁说。

谁的家？二丫接着问。

我们的家，大锁说道，我和你的家。

二丫睁开眼睛，抬头看看屋顶，眼睛又在屋子里转了一圈，最后落在了被子上，大锁哥，你骗我，这是你的家，不是你和我的家。

大锁急得声音都变了，我的就是你的。

二丫轻轻地把头从大锁的胸前移开了，她坐了起来，把身上的被子揭开了几层，慢慢地摇着头，你的是我的，这话我信，但大锁哥你也一定要信我，这儿却不是我们的。二丫抓住了大锁的胳膊，大锁哥，我们离开这儿吧。

大锁低下了头。

大锁哥，你答应过我的，我们走吧。

到哪儿去？大锁说。

哪儿都行，二丫道，只要不在日月镇就行。

有一句话已经憋了好多天了，大锁一直说不出口。现在，在二丫的步步紧逼下，大锁终于憋不住了，我们走了，大凤回来了怎么办？

这是二丫最怕听到的话了，二丫也在心里无数次问过自己，大凤姐回来了咋办？因为没有答案，二丫一直回避着。

你后悔了？二丫的眼神有些绝望。

没有，大锁说，我是这样想的，我和大凤毕竟夫妻一场，大凤离家出走，现在是死是活都不知道。就是走，也要等她安全回来后。

二丫知道大锁的话在理，她的脸红了，但是，如果没等到大凤回来，姚栓牢却先回来了，她还能走得了吗？

二丫没有说出这句话，代替这句话的，是两行汹涌而出的泪水。

大凤喜从天降

　　已经三四天了，大凤不吃也不喝。她的身体靠在床头上，床上的被子凌乱成了一团，屋子里已经有几天没有进来人了，进来送饭的都被大凤用手能抓到的一切东西给赶了出去。三美也不见了，再也没有露过面。

　　这是大凤受辱的床，看见这张床，大凤就想呕吐，只是现在她的肚子里已经没有可吐的东西了。但大凤却只能待在这张床上。这是一个连窗户上都装有钢筋的屋子，屋门虽然是木头做的，但四周用铁皮包得严严实实，况且，门板比她看过的最厚的书还要厚。门外当然有锁。大凤第一次走进这道门的时候，心里还在想，里面到底有什么金贵的东西，值得用这样厚实的一扇门去锁。现在，这扇厚实的门把自己牢牢地禁锢在了里面，虽然身在老城，她却觉得自己待在地狱里。三美走的时候，曾经说过，她一定要为她讨个说法，让她好好地待在这里，吃喝都有人送。但是，在这个身心受辱的地方，她待不住。待在这个地方，大凤觉得四面全是屏幕，在一遍遍地播放着她受辱的画面,提醒她自己已经是一个脏了身子的女人了。她不是在等待雪耻,而是把自己的灵魂和肉体在屏幕中一次次暴晒。每天前来送饭的人虽然满脸同情,但不管她怎么追问,或者哀求,却没有一个人告诉她三美去了哪里,三美的联系电话是多少、即使告诉她了,她也联系不上。手机早就自动关机了,而她包里的充电器也不翼而飞了。大凤还发现,每次当她提到三美的时候,她们的脸上都是一种躲闪和惊恐的表情。

愤怒,但却无奈;后悔,却无人诉说。大凤能做的,就是把自己抛在床上,一动不动;或者歇斯底里、咆哮如雷。不管她怎么折腾,没有一个人理她,甚至连一点儿外面的声音都传不进来。只有在送饭的时候,她才能看到一个或者两个人影。好像她身处在荒郊野外,根本就没有在老城。天黑了亮,亮了又黑,几天过去了,大凤没吃没喝、没洗没漱,该喊的都喊过了,该骂的也骂完了,面对墙壁,她已经麻木了,确切地说,她也没有力气计较了。只有眼睛,偶尔动一下,表示她还在这个世上存活着。

门再次打开,屋外的光线毫不留情地照在脸上的时候,大凤连眼睛也懒得动了。她知道有一个人走了进来,脚步声很沉,身材很高大,以至于遮住了刚刚照在脸上的阳光。来人很奇怪,一句话也不说,只是静静地站在床前。大凤抬起麻木的眼睛,只看了一眼,浑身无力的身体瞬间焕发出了不可思议的爆发力,她从床上一跃而起,猛地扑进了他的怀抱。大凤好像在茫茫大海中抓住了一根救命的稻草,两只胳膊像绳索一样,紧紧地箍在了男人的身上。头不停地往男人的怀里钻,两只已经干枯的眼睛变成了两股泉水,从眼眶里汩汩流出。

我没想到，真的是你，男人一边用手拍着她的头发，一边说，我一直在找你，你怎么变成这样了？

一句话提醒了大凤，大凤知道自己目前的样子，她怕男人看见自己的面容，一头冲进了卫生间。大凤开始洗漱了，她洗两下探出头看看，男人还在，就又缩进去洗。好不容易抓到了自己的亲人，她怕这是一场梦境。

大凤从洗手间出来时，苍白的脸上已经有了一丝红晕。她有点不好意思地看了男人一眼，就把头低了下去。

你是怎么找到我的？大凤问道。

以后再说吧，男人说道，当务之急是找个地方，先洗个澡，再吃饱肚子，然后再慢慢告诉你。

大凤跟着姚栓牢走出屋子的时候，小院里一个人也没有。大凤几乎不敢相信她这么轻易地就踏出了这个让她心惊肉跳的地方。门外，停着一辆车，一辆大凤从来没有见过的车。车里没有司机，姚栓牢亲自开车，大凤坚持坐在后排位置上。即使坐在后排，大凤依然能闻到姚栓牢身上若隐若现的味道，甚至能感受到这个男人的呼吸。这让大凤既想靠近，又想远离。她知道自己身上的味道一定难闻死了，她不想破坏自己在这个男人心中的形象，她只想车快一点，再快一点，她彻底洗漱干净了，以她本来的面目面对他。

姚栓牢的车技很好，路上的车辆虽然很多，他一副游刃有余的样子，让他脸上的棱角在大凤眼里更带上了光晕。姚栓牢一直把车开到了老城郊外的一个洗浴广场才停了下来。广场上停满了

159

车辆，大多都是大凤不认识却很好看的车，就像姚栓牢现在开的这辆车一样。

大凤能感觉到，姚栓牢对这里就像他的车技一样很熟悉。他带着大凤踏进门迎林立的大门，指着一个大大的"女"字说，你从这儿进去，先洗澡。洗完了来三六九房间，我在那里等你。大凤一把抓住姚栓牢，你要走了怎么办？姚栓牢笑了，我费了多大劲才找到你，我还怕你走了呢。

大凤从小在日月镇长大，从来没有见过那么多的女人挤在一起，全部一丝不挂，目中无人地到处游荡。虽然和自己一样，大凤还是有些不好意思。她低着头，好像所有人都看着她，她直接找到了一个角落，在喷头下快速地冲洗。大凤的心里很矛盾，她既想冲洗干净一点，又怕时间长了找不到人。这个念头一出现，大凤紧张极了，这次要被抛弃在这儿，真就赤条条的什么也没有了。不行，好不容易抓到的男人再也不能丢了，时间只过去了十几分钟，大凤就敲响了位于三楼的房间门。

当姚栓牢以及他面前桌子上热腾腾的饭菜出现在眼前的时候，大凤才把吊在喉咙里的心放回肚子里，眼睛里的泪水却不可遏制地涌了出来。直到现在，大凤才真正放心了，她知道这根日思夜想的稻草让自己死死地抓住了，大凤知道自己这次是真正的喜极而泣。

从体内流出来的东西越多，肚子就越饿。几天来，大凤从来没有像现在这样对食物有一种迫切感和占有欲，她没有询问姚栓牢在这么短的时间是怎么整出这桌饭的，也顾不了吃相，开始狼吞虎咽起来。每一口菜，都是那么可口、有味，她长这么大，还没有吃过这么好吃的饭菜。房间里很静，几乎能听见她牙齿咀嚼的声音。只是没吃上几口，大凤就抬起头看姚栓牢一眼，看见姚栓牢一动不动地坐着，然后就进行更猛烈的一番吃斗。

慢些，都是你的，姚栓牢笑了，你和饭菜有仇啊，吃得这么恶狠狠的？

体内有了热量，大凤慢慢变成了自己，她抬起头看了姚栓牢一眼，诡异地笑了笑，没有说话。

看到大凤这个模样，姚栓牢才彻底地放心了，他接着问，心里又在打什么鬼主意？

大凤又诡异地笑了一下，算了，告诉你吧，我在想，你要是这些饭菜，该多好。

你要吃了我？姚栓牢表面纹丝不动，内心却不由自主地跳动了一下。

把你一口一口吃进肚里，你就再也跑不了了，就真正是我的了。

姚栓牢站了起来，绕过桌子站在了大凤的旁边，他的身躯很高大，肚子也很威武，几乎蹭到大凤的头发上，在我变成你的之前，我先把你变成我的。姚栓牢把大凤的后脑勺摁到了自己的肚皮上，很男人地说道。

大凤没有了骨头似的，倒在了姚栓牢的怀里。她满脸通红，呼吸急促，一边使劲地将两只胳膊缠在姚栓牢身上，一边说，我一直就是你的……

大锁成了"钉子户"

　　吃饭没有胃口，睡觉总感觉有人在门外走动，拉开门，却什么也没有。镇长黑娃这几天一直心惊肉跳的，他总有一种感觉，日月镇肯定有大事要发生。今天，他进镇政府大门的时候，又看到了人们怪异而又阴冷的目光。天气不好，空气的味道也不对，黑娃已经连续几天没有去镇上的街道走一走了，他有一种预感，这个街道可能永远给不了他原来的成就感了。每天一上班，他就待在办公室，透过窗户玻璃看着进进出出镇政府的人：有多少人敲响了自己办公室的门，又有多少人进来之后就没有了踪影。这些人干什么来了，去了谁的办公室？在谈什么事情？黑娃在心里嘀咕道，这些鸡毛蒜皮的事十几年来从来就没有资格进入他的脑海，成为他考虑的对象。如果这些事也成了问题，那问题就大了。

　　日月镇开发是县里的号召，县里制定了三年摘掉贫困县的帽子、五年踏进富裕县的"三·五计划"，要把日月镇建成一个以商业开发促经济发展的新型城镇。对于日月镇来说，能拿出手、在方圆百里还有点名气、值得开发的只有陈醋。而日月镇的醋坊，名气最大的是"大锁醋坊"；做醋最好的是有"醋仙子"之称的二丫。黑娃清楚这一点，姚栓牢更是早早就嗅到了"陈醋"这个未来日月镇的经济增长点。姚栓牢费尽心机也要把二丫娶到家，对于姚栓牢这个唯利是图的人来说，黑娃觉得也在情理之中。只不过土生土长的姚栓牢在日月镇赚足了钱，却没有赚下好名声。布告贴出去不少时日了，日月镇人的反应并没有想象中那么强烈。县上虽然鼓励开发，却三令五申要求不许强拆，把碌碡推到半山腰的姚栓牢上不去，更下不来。幸亏三美回归打破了这个僵局。三美接手姚栓牢开发日月镇，谁也没想到，却遭到了大锁的反对。大锁是个强按住牛头也不喝水的犟怂，以前看着姚栓牢在大锁面前的无奈，说实话，黑娃心里很是得意。直到今天，翅膀长硬了的姚栓牢之所以还在自己面前有所收敛，就是因为在日月镇上，只有自己才能镇住大锁。如果姚栓牢知道大锁也对自己有了异心，还会对自己有所顾忌吗？黑娃觉得这才是他在日月镇最大的危机。

门外突然热闹了起来，黑娃透过窗玻璃，看见三美款款走进了镇政府。所有站在院中的人或驻足，或凝望，脸上堆满了热情而又巴结的笑容，以前，这种待遇专属自己。三美穿了一身皮衣皮裤，脚上蹬了一双皮靴，使本来高挑的身材更显得修长。一头浓密的长发披肩而下，头顶戴着一个谍战片中只有国民党特务才戴的皮帽子，浑身上下除了白得让人心痛的脸庞，活脱脱一个黑色的尤物。三美回到日月镇后，一直是这身装扮，镇上的人却百看不厌。黑娃眨巴眨巴眼睛，怎么也不能把她和十年前那个满脸泪水、满腔哀求、土得掉渣的小丫头联系在一起。这是黑娃这辈子做的最后悔的事情了，要知道有今日，当初他就是砸锅卖铁也要帮她。黑娃苦笑了一声，这个世界上什么都能找到，就是没有卖后悔药的。

黑娃看到，一走进镇政府，三美有意放慢了脚步，太阳一般把她的微笑均匀地分散到院子里每一个人的脸上。骄而不狂，知道攻心，黑娃觉得这个女孩，不，这个女人不可小觑。她显然比姚栓牢更懂得笼络人心，已经没有了刚来日月镇时的目空一切，她用她的微笑，超凡而不脱俗，居高而不临下，慢慢地走进了日月镇人的心里。

现在，这张美丽的面孔朝每个视力范围中的人点头致意后，向着他的办公室走来。看着她的微笑，黑娃竟然有些紧张。他还没有做好准备，就听见办公室的门被敲响了，声音虽然不大，但却很有规律，声声入耳。黑娃未到门边，一股女人特有的气味由门外扑入，迎面而来。门被轻轻地推开了，黑娃看见三美站在门边，双手垂立，微笑如初，既未动手，更未动脚，好像门不是被手脚推开，而是被女人的香气熏开的。黑娃嘿嘿笑着，一时竟不知道说什么好。三美见黑娃只笑不说话，往前迈了一步，一脚踏门里，一脚立门外，笑眯眯地说，镇长叔，我可以进来吗？

进来进来，黑娃喊道，这话说的，你不能进来谁还能进来？

三美站在屋子里，认真地看着里面的摆设，直到黑娃把茶沏好了，才看着杯子上面冒着的热气说道，没想到，叔挺廉洁的？

164

黑娃问道，怎么，不相信你叔？

三美笑了，就是相信才这样说的，您出去看看，哪个开发区领导的办公室像您这样寒酸？

主要是做事、做事，黑娃说，那些表面上的东西咱不稀罕。

该讲究的还得讲究，要不，哪个开发商还敢往您这儿投资啊？三美一边说一边拿出了手机，政府不给您配我配，我给叔换一套真皮沙发，三美在自己的身上拍了拍，跟我这身一样。

原来的那一套木沙发，还是姚栓牢送的，就因为是姚栓牢送的，姚栓牢每次屁股坐上去的时候，一直跷着二郎腿。这种感觉折磨黑娃好多年了，三美又来这一套？黑娃不禁在心里冷笑了一下，脸上却铺满了热辣辣的笑，坐着旧沙发，脑子不乱，心里不慌，身子骨就能坐正。要真换一套皮沙发，你叔这把骨头就陷进去了。

三美面不改色，继续笑着，叔，您就别拿我当外人了，虽然我回来没几天，却早就听说了，这套旧沙发，您从来就没有舒舒服服地坐过。

黑娃的脸红了，这种当面揭老底的话比冬天的风还要刺人，黑娃在心里琢磨，这是不是一种挑战和威胁呢？看着三美如花的笑脸，一口一个叔地叫着，不像。即使三美没有这个意思，她也应该是一个很厉害的角色，黑娃不想一上来就和三美闹得不愉快，毕竟，她是以开发商的名义来的，招商引资是县政府的号召。

听郭一凡说，居民搬迁的事不是很顺利？黑娃错开了话题。

三美脸上一副很认真的表情，叔，我就是来问您的，和居民谈判是政府的事，政府什么时候才能通知我们进场施工啊。再拖下去，工期肯定就晚了。三美一副无辜的表情，叔，资金我可一分不少全打给了政府。

黑娃知道三美这几天一直在挨家挨户地串门、许诺，已经征得了大多数人的同意。现在这样说，肯定遇到了解决不了的难题。但是，黑娃却从三美的话里挑不出任何的毛病，让居民搬出去，把场地腾出来本来就是政府对开发商的承诺。黑娃只好拿起了电话，一边拨号一边说，怎么会这样，我问问郭一凡，看他这个开发局长是怎么当的。

三美说，叔，别打电话了，郭局长就在门口等着呢。然后冲着门外说道，郭局长，镇长请你进来呢。

郭一凡应声推开门走了进来，嘴里还呼着白气。

黑娃恢复了往日的神态，居民谈判的事有进展吗？

有，郭一凡说，基本上全谈妥了。

黑娃又问，那就是说，没有什么问题了？

郭一凡又说，有问题。

黑娃的声音大了，你能不能一次把话说清楚，到底有问题还是没问题？

整体谈判工作进展顺利，就剩大锁了，油盐不进，怎么也谈不通？

大锁阻扰，是黑娃意料中的事情。黑娃原来在心里是期望大锁这样的，谁的都不听，到最后由自己出面解决。现在，大锁好像对自己也没有了往日的尊重和敬畏。当了十几年镇长，黑娃可以不要尊重，但却不能没有敬畏。一个人如果对你没有了敬畏之心，那就说明，你对他说话的时候，要考虑到后果，否则，他会让你说出去的话收不回来，脸面全无。

这个愣头青要阻难，还真是个问题，黑娃说，这个事急不得，让我好好想想。

三美开始叫苦连天，不能再拖了，叔，工期真的拖不起了，您知道吗，晚一天开工，我们得承担多大的损失吗？

黑娃还没有来得及回答，三美一把抓住黑娃的胳膊，叔，您陪我一起去大锁哥家，您去了，问题就解决了。

"闲人莫入"

　　一切都是预谋好的，黑娃镇长拉开门，一眼就看见三美那辆很招眼的小轿车停在自己的办公室门口，三美的司机已经拉开了门，弯腰做了一个请的手势。黑娃看着敞开的车门，不知为什么，突然觉得那就是一个黑洞，大张着口正在等他进入。黑娃回过头，看着三美，笑道，真是发了，成了大老板了，牙长一点儿路也不走了？

　　三美尴尬地笑了笑，叔，天冷，怕您冻着，专为您准备的。

　　黑娃笑道，你叔年龄虽然大了，身子骨还硬朗着呢。

　　黑娃绕过车辆，往大院门口走去。三美和郭一凡对视了一下，跟了上去。院子里站了三三两两的人，不再像刚才一样投来热切的目光，一个个扭过头，目光躲避开了。黑娃眼睛的余光在各个办公室的窗玻璃上扫了一圈，果然发现几乎每块玻璃后面，都影影绰绰地站着人影。黑娃又在心里冷笑了一声，把披在肩上的棉大衣的衣领拉了拉，大步流星地走出了镇政府大院。

　　政府大门外有一个大水池，日月镇的人都叫它涝池，是每次下雨留下来的，日积月累的，已经有三四米深了。每年冬天和夏天，都有游泳落水的儿童，屡禁不止。现在，水面上已经结冰了。有几个小孩子正在上面滑冰，一副兴高采烈的样子。黑娃见了，大喊了一声，不怕死啊，都回家去。在阴冷的空气中，黑娃的喊声很有力量，几个正在冰面上滑行的小孩听见声音，一下子跌倒在冰面上，待看清是黑娃后，顾不上疼痛，爬起来就跑，冰面上瞬间就空无一人了。

三美往前赶了一步，和黑娃并肩而行，叔，您一句话，比竖在那儿的警告牌还管用呢。涝池边上，竖着几个木牌，上面写着：水深危险，切勿入内。

小孩子，不知深浅，不见棺材不落泪。黑娃说道。

三美闻言，脚步慢了下来，她觉得黑娃的话好像针对自己说的。眼前这个已经有了一把年纪但却不服老的老男人话里有话，句句带刺，果然不好惹。三美凝望着这个以后很长一段时间都要打交道的对手的背影，他的腰板果然挺得很直，脚步也很有力，不像姚栓牢形容得那样不堪。三美提醒自己，以后的回合中，一定要小心应对。

日月街和冬天一起萧条了，路上的行人也少了许多。但愿不是天气冷的原因。身上还没有走热，大锁家就到了。大锁醋坊只剩下了一块纸牌在风中摇曳，门口一个人也没有。黑娃感叹道，多好的一个招牌，就这样完蛋了。说完，旁边却没有回应，黑娃侧过头，看见三美和郭一凡都站在街道中心，看着大锁家的大门。而他们身后，悄无声息地站满了人。每个人都在看着大锁家的大门，还有好多人一副幸灾乐祸的表情。黑娃顺着他们的目光看去，才发现大锁

169

家大门紧闭，门上也垂着一块纸牌，在风中翻滚着，一会儿正过来，一会儿翻过去。黑娃目光移过去的时候，看见纸牌上空荡荡的，什么也没有。就疑惑地回过头，问道，怎么了？三美把手从皮衣兜里拿出来，用手指了指，您再看看。说完又急忙把手缩进了兜内。

黑娃再看的时候，纸牌正好翻了过来，上面歪歪斜斜地趴着四个大字：闲人莫入。黑娃愣了，这是典型的一种挑战，就是姚栓牢，再张狂也不敢在自己面前这样。那四个字就像大锁的眼睛，正在冷冷地看着他。黑娃没有回头，借助街道上寒冷的风，黑娃把涌上来的一股热血压了回去。他一动不动地盯着这几个字，他知道这是第一关，身后，三美和郭一凡以及日月街上看热闹的人们都在看着他。大锁是自己人，自己不能先乱了阵脚。黑娃知道，今天的事情如果处理不好，以后，他在日月镇就很难抬起头了。

黑娃镇长回过头，一副无视纸牌存在的表情，问三美，看啥？什么也没有啊？发什么愣？黑娃用手一挥，走，进去。话未落地，黑娃就向大门走去。黑娃用行动说明，这块纸牌是挂给别人的，而不是挂给他这个镇长的。黑娃走过去用脚蹬了一下，大门应声开了。黑娃一边侧身而入，一边回头喊道，你们进来不，不进来我就关门了。三美和郭一凡赶紧跟了进去。

大锁家的大门与院内，有一条长长的通道，穿过通道，才到院内。黑娃和三美刚进通道，就看见大锁拎着一根木棍跑了过来，三美和郭一凡赶紧躲在了黑娃身后，大锁见镇长走了进来，转过身，将木棍拖在地上走了回去。大锁没有进屋，坐在屋檐下，脚下放着那根木棍。木棍本很平常，是最普通的榆木做的，据说榆木韧劲大，遇软则硬、遇硬则软，不易折。不普通的是木棍上裹着一层蛇皮，从头包到尾，斑斑驳驳的看着很吓人。

这是大锁侄儿的撒手锏，黑娃佯装镇静，对三美说，你肯定没见过这蛇皮棍。

三美直摇头。

郭一凡插了一句，早就听说老大有这样一件宝贝，今天第一次见。

我见过，这根木棍还是我和大锁侄儿一起做的。黑娃说，当初做的时候，我就给立了规矩，这根木棍，没有大事，不能示人。现在大锁侄儿把它拿出来，是不是为了拆迁的事？

大锁眼睛看着脚下的木棍，瓮声瓮气地说，叔，你能不能不参与这件事？

只要大锁口中还有自己这个叔，说明脑子还没有犯浑，黑娃笑了笑，说道，大锁，坐这儿不冷啊？

大锁喉咙动了一下，不冷。

黑娃说，你不冷，我冷。不请我们进屋去？

大锁说，大凤不在，屋子里面乱得很。

黑娃说，能乱到哪儿去？总比在院里挨冻强。

大锁沉默了一会儿，从地上拿起木棍，转身进了屋。

屋子里果然很乱，被子在床上堆着，一看就有很多天没有叠了。一种说不出的味道弥漫了整个房间，三美不由自主地打了个喷嚏。几个人在屋子里坐定后，三美开口了，大锁哥，当着镇长叔的面，你说我给你的补贴你满意不？

大锁说，不是补贴的事。

你还有什么要求，尽管提。三美又说。

我没要求，大锁看也不看三美，如果非要问，那我的要求就是：我不卖。

三美张了张口，却没有说话，眼睛移到了黑娃的脸上。

表面上的文章还得做，不然不符合上面的政策，黑娃不得不说话了，大锁侄儿，咱们住了这么多年土房了，这回三美给了你三室一厅的洋房，你可得想好了。

我想好了，大凤没有回来前，说什么我也不搬。

这话也对，黑娃说道，大凤侄女走了这么长时间了，一点儿消息也没有，一个大活人啊，不能说没就没了。黑娃为难的目光又移到了三美的身上。黑娃心中暗暗为大锁叫好，这个理由虽然不合"法"，却很合理。

没想到三美却说，大锁哥，说好了，只要大凤姐同意了，你就同意搬了？

大锁的目光冲着三美刺了过来，你知道大凤在哪里？

不知道，三美躲开大锁的目光，但我答应你去找，我不相信，三美的语气很坚定，只要大凤姐在老城，我就是掘地三尺也要把她找回来。

几个人从大锁家出来的时候，看见街道上全是人。看着大锁的脸上不再阴沉，把人完好无损地送出门来，人们脸上全是失望的表情。街道上太冷了，不断有寒风刮过来，街上的人感觉到白受罪了，一个个缩起脖子，回家去了。

黑 娃 上 山

过了中午，天空的灰尘散了，久违的阳光照射了下来，办公室里有了光线，黑娃摁灭了开关，觉得屋子里面还是有点暗，又打开了开关。盯着灯光看了一会儿，黑娃又看了看透进屋里的阳光，觉得心里空荡荡的。

桌子上堆满了材料，黑娃一页也不想看。文件已经两天没有批了，即使批了也没有什么用。有几份重要的急件，他有意压了下来，要在原来，政府办早就催了，现在没有一个人问一声。但该干的事都在进行着，一点儿也没有受影响。既然批了和不批一个样，黑娃也就觉得没有必要浪费笔墨了。这两天，黑娃认真地思考了一下自己走过的路，总结出了两点经验：一是现在的人都不是人，而是狗、是狼。有肉吃时，狼就变成了狗，整天围着你摇尾巴，一旦用不着了，就变成狼了，恨不能趁你不注意的时候吃你的肉；二是所谓领导，都是针对老百姓而言的，有人听你的，你就是领导干部，没人理你，当再大的官也只能是一个光杆司令。别人不说了，就连调进镇政府不久的郭一凡，原来一天能往自己的办公室跑八次，老汉偷牛寡妇偷人摊贩抗税小孩打架等等鸡毛蒜皮的事情知无不言言无不尽，使自己的办公室变得跟个菜市场一样。自从三美来了以后，好像人间蒸发了一样，整天连个人影也看不到。有事情了不叫不到，叫了也是半天才到。黑娃觉得人都活成这个样子，就没有意思了。一切都没有了意思。每天孤零零地坐在办公室，时间停滞了一般，漫长、无聊。黑娃看了看时间，离下班还有一个多小时，他实在不愿意再这样耗下去了。拿起电话，让司机把车停在门口。把文件摊在桌面上，作出一副有急事离开的样子，他走出了屋门。门前空荡荡的，车的影子也没有看到。最近，这样的情形出现不是一次两次了。黑娃站在门口，冲着天空吐了一口气，脸色在夕阳下显得阴晴不定。站在自己的门口等待自己的专车，让别人看见了就成笑话了，黑娃直接向大门口走去。跨出镇政府大门时，自己的车才开了过来。司机拉开车门，急急地说，镇长，怕您走远路我去补了点油。黑娃一边往外走，一边说，不用了，你去忙吧。不等司机回话，黑娃的身影已经被院墙遮住了。黑娃一直走了很久，回头看看，既在意料之中，又在意料之外，自己的车并没有跟上来。虽然明知道即使车跟了过来，自己也不会坐的，但还是止不住站在马路上抬头看了一会儿天空，才低头钻入了一辆出租车内。

出租车司机是个很年轻的小伙子，眼睛很黑很亮，转速很快，一副很机灵的模样，像极了自己小时候。镇长，您去哪儿？司机的眼睛在后视镜里面欢快地眨巴着。这一句问话瞬间提醒了黑娃，最近怎么了，总是犯这种低级错误。自己的行踪怎么能让一个出租车司机知道呢？自从有了出租车，出租车司机就是一个小道消息传播场。何况，这还是日月镇本地的司机，人家认识自己，自己不认识人家。尤其在这个敏感的时候，黑娃禁不住出了一身冷汗。他定了定神，说道，听说山里最近有人乱动土木，你把我拉到山边，我去看看。

出租车司机转过头，很认真地看着黑娃，镇长，您放心，我的嘴很严的。您是不是去您建在山里的别墅？

我的别墅？黑娃意识到这里面有问题，问道，我什么时候在山里建别墅了，你给我说清楚。

司机见黑娃一副恼怒的样子，很调皮地吐了吐舌头，镇长，您别生气，怪我多嘴了。

黑娃紧追不放，你听谁说的，今天必须说清楚。

司机一副豁出去的样子，已经建了半年多了，镇上的人都传遍了，姚大老板给您建的。

放屁，黑娃怒不可遏，难怪日月镇的人最近看他，阴阳怪气的。

楼牌都挂上了，司机说，您还不知道吧，好多人都去看了。

现在国家正在反腐倡廉，在这个节骨眼上传出这么一个莫须有的消息，这不要他命吗？黑娃知道姚栓牢为了开发日月镇的事对自己有意见，但他没想到姚栓牢竟然到了要置他于死地的程度。山里的那栋楼是姚栓牢瞒天过海建的，也说过要送给他，但他没有要啊。黑娃觉得问题严重到了刻不容缓的地步，他改变了今天的行程，小伙子，你拉我过去看看。

司机不再嬉皮笑脸了，一脸的严肃，镇长，去哪儿？

你说的别墅。黑娃气呼呼地说。

车在山路上颠簸的时候，黑娃一副魂不附体的样子。姚栓牢已经对自己下手了，仅仅是因为自己更换了开发商？关于三美的"美

175

来发"公司，黑娃不想更多地了解，睁一只眼闭一只眼得了。这么多年来，姚栓牢在自己的庇护下，捞得已经够多了，现在，让他为生他养他的日月镇吐出一点来补贴给老百姓有什么不可以？要知道，这些日月镇上的居民，如果失去了住房，搬进了楼房，就再也不能在门口摆摊做生意了，每个家庭就只有靠几亩薄田过日子。

贪得无厌，真是喂不熟的一条狼啊。黑娃嘴里喃喃道。

司机突然插话了，镇长，您的别墅到了。

还没有下车，楼房二层最中间的位置上三个大字就映入了眼帘：黑山寨。难怪人们会误会，这三个字像箭一样射了过来，黑娃觉得箭箭穿心而过。更可气的是，姚栓牢侧卧在屋前，笑眯眯地冲他笑着。黑娃推开车门，冲着姚栓牢一脚飞踹过去，巨大的疼痛使他清醒过来，哪是什么姚栓牢，明明是那块卧虎石啊。这更使黑娃恐惧不已，姚栓牢已经不是狼了，而变成一只老虎了，一只笑眯眯的、吃人不吐骨头的虎了。站在卧虎石边，黑娃咬牙切齿，对天怒吼，狗日的姚栓牢，你就是变成一只老虎，我也要扳下你几颗虎牙。

当着出租车司机的面，黑娃拨通了姚栓牢的手机，狗日的，你在哪儿呢？

电话那边说道，镇长大人，谁惹你了，这么大邪火。我在老城谈生意呢。

黑娃冲着手机吼道，你狗日的就是在天上，也马上给我滚回来。

黑娃的声音很大，一声吼出去，满山都是"滚回来"的回声，司机吓得一声也不敢吭了。山谷重新归于宁静之后，黑娃也冷静了下来，真要在老城，即使坐飞机，一时半会儿姚栓牢也赶不回来。

何况，山里的风很紧，像一把把刀子，刀刀割在身上。天色也暗了下来，再耽搁下去，山路就不好走了。黑娃又在卧虎石上狠狠地踹了一脚，钻进了出租车。司机小心翼翼地问道，镇长，现在咱们去哪儿？黑娃喊道，下山！

出租车走了一段，黑娃禁不住回头看了一眼，"黑山寨"已经看不见了，群山也变得影影绰绰的，司机一言不发，很小心地开着车。到了山脚的时候，天已经全黑了。出租车还没有靠近高速路，黑娃拿出了五十元，往前面一扔，说道，停车。司机停好车，把钱双手递了回来，镇长，怎么能要您的钱呢？您是不是回您的黑山洞？还有一段距离呢。天黑了，我送您过去。

黑娃把伸到车外的一只脚又收了回来，重新关上了车门。坐在出租车上，黑娃半天没有说话。不是不想说，而是一句话也说不出来了：原以为这个地方没有几个人知道，现在看来，早就不是秘密了。黑娃觉得自己成了古时候的那个皇帝，明明没有穿衣服，还以为别人不知道。而在自己心目中神圣的日月洞，在别人眼里竟成了黑山洞！黑娃神经病般又推开了车门，兀自融入了黑夜中。

黑娃没有回日月洞，而是从一条羊道向山坡上爬去。日月洞里，有准备好的食物，黑娃不想再带了，他走到半山坡那个洞前，默默地蹲了下来。一条黑影从山洞里跑了出来，一点儿也没有在意他手里有没有食物，异常亲热地扑在了他的怀里。野兽的躯体和他的怀抱融为一体之刻，黑娃止不住泪流满面，他伸出手掌，颤颤抖抖地抚摸着那和夜色一样浓密的光滑皮毛，嘴里喃喃道，真的变了，狼比人好，人不如狼啊！

大凤立下字据

　　姚栓牢接完电话，随手把手机扔在了被子上。大凤见姚栓牢的脸上掠过一丝嘲弄的神情，禁不住问道，谁打来的？

　　姚栓牢吐出了一口烟，黑娃。

　　大凤吐了一下舌头，有事？

　　有事。姚栓牢又吸进去了一口烟，让我回去。

　　大凤紧盯着姚栓牢，那你回去吗？

　　姚栓牢反问，你想回去不？

　　大凤的头摇得拨浪鼓一样，我死也不回去了，你也别回去。我们永远留在这儿。

　　姚栓牢看着身上只裹着一条浴巾的大凤，笑道，妹子，这是浴场啊，我们已经待了三天了，你没看见送饭的服务员的眼神吗？再要在这儿住下去，整个浴场都知道我们是一对野鸳鸯了。弄不好，把公安局的人都招来了。

　　三天来，大凤觉得似乎在梦中一样，直到现在，她都不敢相信，这是真的。自己多年来梦寐以求的姚栓牢完全把生意扔在了一边，整整陪了自己三天。三天来，她一直陶醉在姚栓牢的气味中。只有在服务员来送饭的时候，她才穿上浴服，姚栓牢也是一样。除此之外，他们赤裸相见，纵情陶醉在男欢女爱中。只有在每次欲望过后，冲完澡的时候，他们的身上才象征性地裹上一条浴巾。即便如此，大凤仍然常常看着姚栓牢的裸体发呆。她在心里说道，有了这几天，这一辈子也值了。和大锁结婚几年了，她虽然把自己的身体交了出去，但却从来没有让大锁看一眼自己真正的裸体，她就是为姚栓牢保留的，现在正是她补偿姚栓牢的时候。大凤唯一觉得有些对不起姚栓牢的是，自己在被姚栓牢解救出来之前，身体又被郭一凡玷污了。大凤觉得这是她人生最大的污点。和姚栓牢的身心交融，使她真正感觉到了做一个女人的幸福和愉悦。她知道她和姚栓牢不会长久，对她来说，和姚栓牢在一起的时间，多一分钟算一分钟。至于以后怎样，她不愿去想，也不敢去想。日月镇是个传统而封闭的小镇，日月镇上的人永远不会理解她的内心和情感。大凤能想象得到，从自己离家出走的那一天，她在日月镇人们的眼里就已经臭名远扬了。日月镇人怎么看她，大凤不在乎，只是不能连累了姚栓牢！

那我们赶紧离开这儿，大凤急切地说，真被公安局抓住了，对你影响不好。

即便是玩笑，一个女人在感到危险的时候下意识的举动不是保护自己，而是心系他的声誉，姚栓牢似乎也被大凤的话打动了，他认真地看着大凤的眼睛，这几天他一直在回避大凤的目光，而把眼神更多留在大凤的身体上。

没事，跟你开玩笑呢。老城开放，没人管的。姚栓牢停顿了一下，又问，真不想回去？

大凤咬着牙，点了点头。

那也得出去，不能在这儿，姚栓牢似乎下定了决心，我给你另找个住处。

两个人从浴场出来，光线把眼睛都刺疼了，外面亮堂堂的，大凤有些心虚，总觉得所有的人都盯着她，她不敢抬头，也不敢看任何人，既怕离姚栓牢太远一转眼就找不到了，又怕跟得太近被认识姚栓牢的熟人撞见，给姚栓牢造成不好的影响。大凤知道，姚栓牢是个在台面上走动的人，是个干大事的人，老城里的合作伙伴不少，她只能用眼睛的余光盯着姚栓牢的身影，直到姚栓牢的车停在旁边，她坐在了副驾驶上，一颗心才慢慢平复了下来。相对于大凤而言，姚栓牢比几年前来老城时轻松多了，俨然成了这座城市的主人。他不但在外人面前没有回避她，而且走出浴场大门的时候，还主动拉住了她的手。是她不好意思把手抽回来的。更让她没有想到的是，姚栓牢把车停在她旁边，还下车为她打开了副驾驶的门。这是一幕大凤在电视中才能看到的画面，姚栓牢却已经把它融化在了日常生活中，做起来是那么自然、娴熟、潇洒。在那一瞬间，大凤莫名其妙而又幸福地想，大锁有这素质和风度吗？！

大凤陶醉的工夫，车已经进了一个小区。老城的小区跟公园一样，到处是绿色。更让大凤新奇的是，小区里还有山有水，空气也很好闻，透着一股很丰富的城市味道，就像姚栓牢身上的味道一样。

大锁身上也有味道，但也就是汗味和臭味。大凤满眼新鲜，脸庞红扑扑地问，这是哪儿？

姚栓牢很是认真地说，这是你的家。

大凤笑了，她喜欢姚栓牢这样骗她。一个男人，如此处心积虑地哄一个女人开心，只能说明他重视这个女人。

电梯直通九楼，大凤从进入这个房间的第一眼起，就喜欢上了这个地方。屋子里整洁、干净，家具不多，但却处处洋溢着家的感觉。门口的拖鞋，客厅里的垃圾桶，卫生间的拖把、毛巾、牙刷牙膏使家的气氛更加浓郁。卧室里的床，更是大凤从来没有见过的圆形床。更让大凤激动的是，厨房里锅碗瓢盆样样齐全。这很让大凤蠢蠢欲动。一个女人面对他喜欢的男人，最大的幸福就是亲手为他做顿可口的饭菜。四周的墙壁把街上的人流和各种各样的目光全都隔离开来，这是属于他们两个人的空间，大凤一下子感到自由了。

大凤拉住了姚栓牢的胳膊，把头依偎在了他的肩上，这是你在老城的家？

姚栓牢把手插进了大凤的头发内，轻轻地挠着大凤的头皮，说道，不是我的。

那是谁的？

姚栓牢把大凤的身体拉到了面前，两只手捧住她的脸蛋，说道，是你的。

大凤笑着用手在姚栓牢的身上捶了一下，还骗我。好了，我不问了，管它是谁的，我去买点菜，我要为你做一顿好吃的。

181

姚栓牢说，没有时间了，我得回去一下，日月镇开发的事情遇到麻烦了。

必须回去？大凤噘起了嘴。

没办法，出现了一个钉子户，挡住了。

大凤看着姚栓牢躲躲闪闪的目光，心跳了一下，不会是大锁吧？

姚栓牢没有说话。

大凤说，如果是大锁，只要黑娃镇长一句话就行了。

姚栓牢摇了摇头，黑娃镇长没有办法了，才打来了电话。

原来是这样，大凤恨不能帮上忙，我能为你做些什么？

姚栓牢说，我想了一下，这件事只有你能帮上。你只要给大锁写一封信，劝他同意搬迁没准有用。

我都离家出走了，以他的狗怂脾气，能听我的？

不一定有用，死马当作活马医吧，姚栓牢说，你如果愿意，就写一个，我拿回去试试。

大凤一直对姚栓牢内疚，正不知道怎样为他做点事，这是一个难得的机会。大凤说，我写，你说怎么写我就怎么写。

其实，就几句话，姚栓牢口述，大凤很快就写完了。姚栓牢把字据装进了口袋，说道，真不能再等了，你踏踏实实地住在这儿，我很快就回来。

大凤一副恋恋不舍的样子，手又从姚栓牢的羊绒衫下伸了进去，在姚栓牢的身上摸索着，不说话。姚栓牢在大凤的脑门上弹了一下，问道，又想了，这么贪嘴？

大凤把头埋进了姚栓牢的怀里，嘀咕道，这一回去，不知道哪天才能回来。

　　姚栓牢拥着大凤移进了卧室，先把大凤放在了床上，又从衣柜里拿出了一床被子盖在了大凤的身上，然后，几下子就脱得和浴场一样，钻了进去。

三顺子被开除

　　早晨醒来，二狗全身冰凉。被子都拥到脖子上了，身上还是觉得冷。按照经验，不是发烧，就是天又变冷了。二狗吸了吸鼻子，吸气呼气都很顺畅，身体好好的，应该没有什么问题。往外看，窗户上糊的一层纸挡住了目光，看不出去，似乎也没有下雪的征兆。摸摸耳朵，冰凉冰凉的，二狗确定天又降温了。就在二狗琢磨今天加什么衣服的时候，右眼皮先是一紧，接着就没有规律、莫名其妙地跳了起来。二狗预感到不好，又仔细感觉了一下，没错，确实是右眼皮在跳。跳动的眼皮好像一把扇子，上下一扇，扇得二狗身上更冷了。二狗胆战心惊地想：自从二丫答应嫁给姚栓牢，自己遇见的全是好事，为什么跳的不是左眼皮，而是右眼皮呢？俗话说，左眼跳财，右眼跳灾。他实在想不起来还有什么不好的事情要发生，姑爷说话算话，不但三顺子有了工作，就连自己这个识不了几个字的腰都直不起来的老头，也被安排在了传达室，一个月有了五百多元的工资。二丫更不用说了，一结婚就住进了上下两层的楼房，让镇上同龄的大姑娘集体得了红眼病。原来，他出门走在路上的时候，一直弯着腰，低着头，从没有看过其他人的脸。因为，他的眼睛能看见别人，别人的眼睛里没有他。时间长了，他就谁也不看了，落得个心静。现在就不一样了，只要走出去，远远地就有人打招呼，哥啊弟啊叔啊伯啊爷啊，一个个一声声叫得他心热。他想不看其他人都不行。尤其是最近，二狗觉得自己的腰也直了，气也顺了，走起路来都能听见自己的脚步声了。二狗话少，心里却清楚：这一切，都源于他生养了一个好闺女。

二丫不光长得好看，而且孝顺。即使结婚以后，心也放在娘家。只要姑爷一不在家，就跑回来，给他做吃做穿，屋里屋外地忙活。最近一段时间，姑爷出门不在，二丫干脆住在了家里，整天变着花样给他和三顺子做好吃的。这还不算，光是过冬的棉衣就做了两身，三顺子也一样。日子还在冬天的光景里溜达，二丫已经把秋天和夏天的衣服都做好了。二狗活了大半辈子，从来没有过过这样的舒坦日子。这样的日子刚刚开始，享福的日子还在后面呢，二狗实在想不出来在这个时候右眼皮会跳？没有跳的理由嘛！

正胡思乱想着，二丫走了进来，说道，爹，今天变天了，你把厚棉袄穿上，我已经给你放在炕头了。饭也好了，您该起来了。

二狗问道，三顺子起来了没有？

起来了。二丫说，饿得等不及，已经在厨房吃上了。

二狗笑得下巴颏上的胡子都在颤，他想，日子过到这个程度，还有啥说的。心里一高兴，就把右眼皮跳的事放到一边去了。他一边穿衣服一边说，你也收拾一下，该回你自己家去了。

二丫说，又赶我了？真把我当水一样泼出去了？

咋说话呢？二狗笑眯眯地看着二丫，昨天就听说了，姑爷今天要回来了。

二丫眉头跳了一下，听谁说的？

郭先生说的，二狗纠正道，是郭局长。昨天下班时路上碰见，他告诉我今天姑爷要回来，你还不知道吗？

二丫说，我知道了，该走的时候我会走的，今天我想再给您缝一床被子，缝好了我就走，只是我走以后，您要照顾好自己。

说话间，二狗穿好了衣服，从炕上下来了。热水已经准备好了，二狗把头埋进了热气中，边用毛巾擦脸边说，放心吧。

二丫看着爹满足的笑脸，怕说漏了嘴，赶紧抹了一把快要流出来的眼泪，转过头说，我去给您端饭。挑开门帘，和一头撞进来的三顺子碰了个满怀。三顺子进来后，看见爹和姐姐都在，没有说话，顺着门板蹲了下去。二狗见了，说道，还不去上班，不怕迟到了。虽说是你姐夫的工厂，但不能搞特殊，省得别人在后面说闲话。

二丫早就看到三顺子脸色不对，气呼呼的，一副找人吵架的架势，就问，发生什么事了？

三顺子冲着二丫嚷嚷道，发生什么事你不知道吗？

二丫还没有张口，二狗就急了，怎么和你姐说话呢，没有你姐，你能有今天？

三顺子闻言，眼泪在眼眶里直打转，我被开除了。

谁敢开除你？二狗也急了。

今天我刚进车间，我们主任当着全车间的人宣布的。三顺子眼眍小，没有留住眼泪，一下子泪流满面。

为啥？到底为啥吗？二狗说，你没问他原因？

问了，三顺子带着哭腔说，主任说，回家问你姐去，你姐知道原因。

二狗的目光落在了二丫身上，见二丫不说话，忍了忍还是张开了嘴，丫头，你和姑爷吵架了？

二丫的脸色一阵红一阵白，正不知道怎么说，就听见有脚步声传了进来。二丫伸手挑开了门帘，看见机械厂的老门卫已经站在了门口，都在啊？

二狗有了一丝不祥的预感，急忙把人往屋里让。老门卫说，我就不进去了，厂里让我通知一下，您年龄大了，老去厂里上班不方便。从今天起，你就不用去了。

二狗一把抓住老门卫的衣袖，说笑了不是，我还没您年龄大呢。

老门卫笑了，笑得有些尴尬，我也觉得奇怪，你去了，就让我回家了。昨天晚上，又通知我上班。我想也是，守着这么一个有钱的姑爷，还上什么班啊！老门卫扯开了二狗的手，趿拉着脚步走了。

火炉里的火星已经奄奄一息，屋子里本来没有多少热气，再加之一条薄薄的布帘抵挡不了寒风的侵袭，三个人仿佛都站在了冰窖里。二狗祈求的目光在屋子里转了一圈，终于落在了二丫身上，我就说一大早右眼皮乱跳，丫头，你给姑爷打个电话，问问到底是咋回事。

事情都做出来了，还问什么？二丫生气地说，不让去就不去了，还能饿死你们。你们要是真想上班，我去找三美说说。三美马上就要动工了，前几天还让我帮着找人呢。

一句话提醒了二狗，二狗到底年龄大，遇事想得远，会不会和三美有关系？二狗使劲地用着脑袋，镇上的人都知道，日月镇一直是姑爷开发的项目，现在让三美给顶了。也就是说，三美现在和姑爷是死对头，而你，和姑爷才是一家人，三美只是个外人，你不要没有是非观念，一天到晚和三美亲姐妹似的。说到这里，二狗重重地点着头，肯定是这样，姑爷生气了！

三顺子除了流泪，一直没有说话，这回实在忍不住了，气呼呼地说，和别人没关系，就怪我姐。

二狗瞪了三顺子一眼，怎么说话呢，你姐还能害你？

我们主任的话你还听不出来，回家去问你姐，你姐知道原因。三顺子有些怨恨地看着二丫。

我不知道。二丫说。

我知道。三顺子干脆豁出去了，深更半夜你要不往大锁家跑，能有这事？

二丫的脸又红又羞，正要反驳，二狗一巴掌拍在了三顺子的脸上，不许胡说。

三顺子嚷嚷道，我胡说了吗？有人都看见了，就连我们主任都说，让我回家告诉我姐，别身在福中不知福，管好自己。

二狗紧接着的一句话，使得二丫再也抬不起头来，我整天在门口，我能不知道厂里的传言，二狗的唾沫星喷在了三顺子的脸上，不管别人怎么说，咱们坚决不能承认，你姐虽然去了不止一次，但谁也没抓个现行，咱们要认了，就等于承认给姑爷戴了一顶绿帽子。姑爷是什么人，能咽下这口气？真要较起真来，会出人命的。二狗把目光移到了二丫的身上，丫头，趁着现在还没出事，赶紧收手吧。

黑山寨风云

　　这场雪下得铺天盖地，上山的时候，山外的天空只有零零星星的雪花，没想到越往山里走，雪下得越大。山里山外果然是两个天地。好在还没等到车轮在山路上打滑，三辆车已经全部停在了"黑山寨"门口的场地上。三美的司机是个年轻的女孩，从来没有开过这样的山路。车都停下好长时间了，还脸颊苍白、心惊肉跳地看着被雪覆盖的山路喘气，一口一口的白气直从两片血红的嘴唇喷出，在冰天雪地中发出要命的红晕。姚栓牢的司机和黑娃镇长的司机都看呆了，这是一种不同于日月镇上任何女人的美，娇嫩、时尚、勾魂，就像三美一样。

　　对于三美他们只能远远地欣赏，不敢直勾勾地看。三美的司机就不一样了，两个男人就差流出哈喇子了。三美的司机调整好呼吸，看见两个男人正看着自己发呆，脸色羞红了。她瞪了两个男人一眼，拉开车门钻了进去。两个男司机尴尬地对看一眼，把目光移到了身后的屋子里。

屋内的大厅里，炉火烧得正旺，火苗儿蹿出老高，像火辣辣的眼光一样在火炉上方左右摇摆。和屋外一样，姚栓牢和黑娃的目光都有意无意地在三美身上飘动。三美已经脱了外套，身着一件不知道什么材料做成的毛绒绒的毛衣坐在火炉边，脸色在火炉的映照下一会儿白，一会儿红，一会儿红里透白，一会儿又白里透红。更要命的是胸前,两个圆鼓鼓的乳房像振翅欲飞而又被束缚的鸟儿一样，随时随地都想破壳而出。黑娃看见三美的目光在自己的脸上掠过，赶紧挠了挠头皮，借机移开了目光。三美无意中的一瞥，使他有了为老不尊的羞赧。所幸炉火正旺，掩盖了脸上的红色。姚栓牢却不在乎，一边直勾勾地看着，一边笑着说，这么大，以前咋没发现呢？三美听了，也不生气，把一片剥开的橘子皮扔在了姚栓牢的身上。黑娃毕竟在官场上混了十多年，察言观色的能力是有的，两个人这一说一扔，立刻给了黑娃一个警示，那就是力量的悬殊。自己光想着三美也是日月镇的，也是在自己眼皮下长大的，却忘了姚栓牢和三美本身就是利益共同体。现在这个年代，所有的因素在利益面前都不堪一击。

黑娃也剥开了一个橘子，掰了一瓣放在嘴里嚼了，感叹道，没想到冬天橘子更有味道。

三美笑道，我和叔的感觉一样。

姚栓牢把剥了皮的整瓣橘子全扔进嘴里，嚼了嚼说道，凉冰冰的，有啥味道？

黑娃说，在你姚大老板嘴里，只有钱才有味道？

这是真话，我从来不否认。姚栓牢说，你不爱钱，钱不爱你。

掉钱眼里了。三美笑道，守财奴一个。

掉钱眼里我承认，说我守财奴就小看我了。姚栓牢反驳道，我比谁都知道钱生钱的道理，该花的钱我一分都不会少。姚栓牢说完，眼光在屋子里转了一圈，比如这个钱，我是一定要花的。

黑娃说，今天没有外人，咱们把话都说开了，姚大老板你经了几年商，是不是把一切都庸俗化了。开发日月街，是经济发展的需要，县政府和镇政府是鼓励、支持的。因为你的所作所为，因为民意难违，你让三美改头换面代替你开发，镇政府也是睁一只眼闭一只眼的，并没有为难、阻止你，目的都是把经济搞上去，把家乡建设美。这些都是正常的工作，你又何必费这么大心思，建一个黑山寨来蛊惑人心？黑娃说着说着就来气了，姚栓牢你是不是成心的？

误会，误会了，姚栓牢说，我跟谁斗心思也不会和您斗心思，为什么？斗不过您呗。镇长大人，您和我打交道不是一天两天了，只要我给您的，那都是我的一颗心。姚栓牢拉开皮夹克的拉链，做出了一副掏心挖肺的样子，指着胸脯说，不信您看看，一颗红心向着您，红彤彤的心啊。

为什么起名黑山寨？黑娃问道。

我是专为您盖的，姚栓牢说，本来想起名黑家寨的，觉得太土了，配不起您的身份。

你是生怕别人不知道？黑娃的语气冲了，故意往我头上扣屎盆子。

这里山高皇帝远，山外的鸟都飞不进来，又属于日月镇的管辖范畴，闲着也是闲着。姚栓牢说，就是知道了也不会给您造成影响。

放屁，黑娃说，你以为你做得多隐蔽，连出租车司机都知道了。多亏现在是三美出面替你开发日月镇，否则，我还敢让你开发吗？

姚栓牢说，好我个镇长大人，您是给了我开发的机会，但您的地价太高了，超出了我的预算，按照现在镇政府对居民的承诺，即使开发了我也赚不了几个子，赔本赚吆喝。

你赚多少，以为我不知道？差不多就行了，你总得给镇上的人有个去处，否则，谁愿意给你腾地方？黑娃说，就现在这个价格，你还有意见，我还不知道给镇上的人咋说呢。

三美恰到好处地开了口，各有各的难处，价格的事就不说了，谁让我们都是日月镇上长大的，吃点亏就算为家乡做贡献了。三美看着黑娃，继续说，叔，大锁哥的工作你还得继续做一下。

你不是答应他能拿来大凤的授权吗？

是啊，三美一脸无奈，我也没想到大锁哥是这样的人，我拿来了大凤姐的字据，他又变卦了。

黑娃一脸警惕，这么说，你知道大凤在哪里？

三美的脸色有些尴尬，我也是刚找到的，她在外地打工，老板正好是我一个生意上的朋友。

只要找到人就好，黑娃又问，大锁咋说的？

非要见大凤姐本人，三美苦笑道，不是我不想让他见，而是大凤姐不愿意见他。

这就难了。黑娃一声长叹。

正因为难，才把您请到这儿来了。姚栓牢接过话来，这样吧，镇长大人，你好人做到底，送佛到西天，再登门劝说一次。就一次，如果他还不同意，我自己想办法。

豁出去我这张脸不要了，黑娃说，我再找大锁。

姚栓牢和三美听了，长舒了一口气，笑了。三美的眼睛移到了窗外，惊叫道，叔，你看，你快看，你家屋外好漂亮啊。

屋外，白茫茫一片，雪花漫天飞舞，山、树、路都被覆盖住了。大雪长了心，跟人一样，知道山冻了，树瘦了，路寒了，人冷了，做成了一张厚厚的棉被，铺上了天盖满了地，好一幅洁白干净的景象。

黑娃的眼光停留在屋子里，四下看了几遍，看着姚栓牢问，真是给我的？

姚栓牢直点头。

黑娃用手在大腿上一拍，下了决心，既然已经臭名昭著了，你们俩也不姓黑，我如果不要，这个黑山寨也名不符实。黑娃笑着说，不许反悔，这个黑山寨我要了。

姚栓牢和三美没想到黑娃镇长答应得这么痛快，两个人互看了一眼，一起点了点头。

屋里，传出了一阵大笑声。笑得坐在车里的三个司机纷纷摇下了窗玻璃，积淀在车玻璃上厚得像棉絮一样的雪块垂直砸落在雪地里。

大锁受邀进月洞

　　山里的雪铺天盖地，山外田地、公路上只铺了一层薄薄的雪粒，来来往往的车一压，人一踩，就像给路上打了一层蜡，稍不留神，就屁股着地，摔得四仰八叉。黑娃小心翼翼地踩着路面，花了平时双倍的时间才来到了大锁家院门口。冷风像个冰冷的过客，从日月街上呼啸而过。黑娃镇长用手推了一下大锁家的大门，手差点沾在铁门上，门应声开了。黑娃跺着脚走进去，在院子里踏出两行脚印，踢着雪花来到了大锁的屋门前。根据对大锁的了解以及三美绘声绘色的介绍，黑娃缩回已经伸出去的手，站在门旁，用脚踢了一下屋门，突然发生的情形表明三美并没有加油添醋，门开的同时，一根木棍从屋里飞了出来，直落在屋前的空地上，就像一条蛇伸直了腰杆冬眠在雪地中。找死啊？声音未落，大锁站在了门口。

　　是您啊。大锁说，没伤着您吧。

　　早防着你这一手呢。黑娃一边往屋里走，一边说，你叔还没老。

　　两个人进了屋，大锁指了指凳子，没有说话。黑娃问，这么冷的天，不给叔倒杯开水暖暖身子？

大锁说，没烧水。

黑娃皱了皱眉头，咋把日子过成这样了？

大锁低了头，又不说话了。

黑娃看着大锁，有事没？没事给我帮个忙？

大锁抬起头，一言不发地回头望着黑娃。

黑娃说，开我的车去个地方？

去哪儿？

日月洞。

不是有司机吗？大锁说。

你觉得现在这个时候我还能相信司机吗？黑娃气愤地说。

大锁又看了黑娃镇长一眼，看到的是和原来一样的镇长。他拿起羽绒服，走了出去。黑娃在身后先是关了屋门，又给关上了院门。

奥迪霸气地行驶在去往山脚的路上。路很宽，车又少，大锁把油门就踩得狠。黑娃镇长舒服地靠在副驾驶座位上，连安全带也不系，看着前面的路说，你不想活了，也不想让我活？

大锁扭头看了一眼黑娃。

黑娃说，路这么滑，开慢点。

大锁放慢了车速，叔，这车真好，开起来顺手。又看了一眼黑娃，说，我可能最后一次给您开车了。

黑娃说，我也是最后一次坐这辆车了。

大锁问，啥意思？

黑娃说道，车改了，级别太低，别说是我，就是县长，以后也不能坐这样的车了。

大锁难得地笑了，真要如此，好事。

黑娃纳闷，真话？

真话。大锁说，再坐下去，对你不好，镇上的人都说，你坐着奥迪，在镇上横行霸道，置老百姓的利益于不顾，只打自己的小算盘。

黑娃不说话，大锁也没有再说，车里就很安静。只是愈靠山近，雪片落在风挡玻璃上的速度就越急。坐在车里，明显地感觉到车轮在路面上打滑。

连你也这样认为。黑娃终于吐出了一句话，看来上面要求的车辆改革是对的。

大锁没有接话。

黑娃突然想起了什么，对了，黑娃问道，是不是镇上的人都知道日月洞的事？

大锁点了点头，不但知道日月洞，就连你让姚栓牢秘密筹建的黑山寨，也在镇上传遍了。

那是不是镇上的人都把日月洞叫黑山洞？

这回大锁没有点头，他看了一眼黑娃脸上的表情，才说道，人都这么叫。

镇上都传遍了，自己还一拖再拖？黑娃觉得这对自己是一个极大的讽刺，同时也感觉到了一丝寒意。看来，有些事情，到了该做的时候了。不然，就是跳进黄河也洗不清了。

日月洞终于到了，石桌上放着的几十桶醋，已经一桶不剩了。

这是黑娃唯一感到欣慰的事。如果还放在那儿没人要，肯定早冻成冰了。黑娃随手把冰凉的铁皮盒子拿了进去。等到他和大锁进了窑洞的时候，黑娃的脸色突然阴晴不定，看着手里的铁皮盒子发愣。大锁见了，凑过去一看，很深的铁皮盒子里，全是红彤彤和绿莹莹的人民币。很显然，人们并没有白拿、而是买走了他的醋。这让他有些意外，但更多的是失望。

看来，我家醋坊的醋很受欢迎？大锁说。

黑娃干脆把铁皮盒子直接递给了大锁，可惜你不做了？

大锁后退了一步，不接，这都是你掏过钱的。

我本来是想做点好事，积点阴德，就没打算靠这个赚钱。黑娃说，你要是不要盒子里的钱，就重新把醋坊开起来，我继续从你那儿买。

大锁说，你知道的，叔。我们家醋坊的醋都是二丫的手艺。现在，二丫走了，我怕做出来砸了我们家醋坊的招牌。

黑娃没有再说话，他指了指洞里的小洞，说道，我们进去。

大锁不禁后退了两步，叔，你怎么了，这是月洞。我不能进的。

黑娃说，别人不能进，你还不能进？别忘了，这个洞还是你帮我修建的。

大锁想了想，还是摇了摇头，我不进。镇上的人都说，你的秘密都在月洞里，我不想知道。

镇上的人也知道洞里还有洞？黑娃很惊讶。

知道，大锁说，镇上的人都在私下里议论，和你关系最好的姚栓牢到现在也只进到了日洞，连月洞的边也没挨上。

黑娃说不出心里是什么滋味，他觉得他所管辖的日月镇和自己开了个玩笑，自己自以为只有几个人知道的日月洞竟然家喻户晓，人人皆知。就连自己费尽心机、秘密打造的洞中洞，也早已不是秘密了。再加上那个处于深山的黑山寨，在自己都被蒙在鼓里的情况下，老百姓却早就心知肚明。黑娃觉得自己其实一直在黑夜路灯下走路，自以为旁边没有人，其实，在他看不见的黑暗角落，一直有人在窥视着他的一举一动。这就让他早就筹划好的、自以为很智慧的防御体系失去了意义，最起码降低了可信度。但是，事已至此，只能硬着头皮按照既定计划继续往下走，不但要走，而且刻不容缓。

　　黑娃揭开洞壁上一个帆布，出现在眼前的是一个黑色的防盗门。黑娃从腰间掏出钥匙，打开了吱吱作响的防盗门，进来。黑娃说。

　　大锁还在犹豫，黑娃见状，抓住大锁的衣袖，一把就把大锁拽了进去。屋子里有一股霉味，可想而知这里多久都没有空气流动了。尽管这间洞中洞是自己带人修建的，但建完之后，他自己再也没有进来过。现在，站在里面，大锁还是惊呆了。关于这个秘密小洞，他是在心里有过猜测，但他没有想到里面如此触目惊心。大锁有了一种被拉上贼船的感觉，他知道，里面的一切，不是自己应该知道的。现在，他看见了，也知道了，以后，这个小洞中的一切将给自己带来无穷无尽的苦恼和麻烦。

　　十几年来，我和姚栓牢所有的往来都在这里。黑娃幽幽地说。

二丫婚姻破裂

这条路，二丫不想走，但却不得不走。这条路，也是通往家的路，离开从小生活的娘家，通往以后生活的家。二丫觉得很可笑，走向一个家就要以离开一个家为代价。但她已经这样走了，是被家人逼着走的。二丫走得很不甘心，只要有可能，她就想从这条路上逃离。今天，没有人逼她，她自己顺着这条路走了过来。

屋子里的灯黑着，表示里面的空气暂时是自由的，这让她稍稍喘了一口气。拿出钥匙打开门，借着窗户透进来的朦胧的光线，一阵莫名其妙的恐怖袭上了心头。即使深更半夜坐在母亲的坟头，她也没有像现在这样恐惧。二丫感觉头顶冒汗了，她转身想冲出门去，已经晚了，黑暗中伸过来的一只手紧紧地抓住了她的胳膊，几乎同时，二丫的嘴被另一只手捂住了。立刻，二丫有了一种窒息般的感觉。本能促使她用尽了全身的力气，拼命地挣扎着。在躯体的接触中，二丫知道对方是谁了，就像新婚之夜一样，她放弃了反抗。

两个人搏斗，有时候就像一场游戏。越是势均力敌，游戏越有意思。当一个人放弃了反抗，突然变成了行尸走肉，另一个人就索然无味了。慢慢地，那个捂在二丫嘴上的手也不好意思地松开了。

捂啊，捂死我算了。二丫一边喘气，一边说。

你跑什么？姚栓牢问。

我以为家里进贼了。二丫道。

你还知道自己有家？姚栓牢的语气恶狠狠地，你要知道自己有家，就不会当婊子了。

在日月镇上，"婊子"是对女人最恶毒的辱骂，一股血气涌了上来，二丫不知道哪儿来的勇气，一口唾沫吐在了姚栓牢的脸上。姚栓牢没有丝毫的迟疑，一个耳光回抽了过来，皮肤撞击的声音，沉闷而又响亮。屋子里出现了暂时的安静，黑暗中没有哭泣，没有求饶。显然，这一巴掌没有起到应有的效果。

你打吧，怎么不打了？二丫的声音异常冷静，打完了放我走，行不？

想走，姚栓牢说，也对，是该滚了，你这个脏婆娘。

二丫没有说话，向门口走去，被姚栓牢一把拽了回来。二丫回过头，语气从来没有过的冷静，打也打了，骂也骂了，你还要咋样？

你摸摸良心，我对你不好吗？我对你家人不好吗？把你娶回来的第一天晚上，我就知道自己错了，你并不像我和整个日月镇人想象得那么干净。即使这样，我也忍了，但我没想到你是这样一个烂货，和我结婚了竟然还在给我戴绿帽。姚栓牢又扬起了手掌，看着二丫一点儿没有躲避的意思，觉得打下去了也没有劲儿，落下来拍在了自己的腿上。

不管姚栓牢如何侮辱，二丫既不辩解，也不否认，一副与己无关的样子。姚栓牢长年泡在生意场上，见识过各种各样的人，像二丫这样少言寡语的人，一旦认定了事，八头牛也拉不回来。尽管姚栓牢觉得放走二丫有些便宜了她，但看看二丫的表情，他知道没有挽回的余地了，姚栓牢只能退而求其次了。

　　走，可以，但你记住。姚栓牢说，是我不要你的。

　　二丫看着他，不说话。

　　姚栓牢又说，让你炒了我，我丢不起那人。

　　这回二丫说话了。二丫问，什么时候办手续？

　　明天。姚栓牢说，你把做醋的秘方给我，明天就可以办手续。

　　二丫冷笑了一声，可以。

　　姚栓牢又说，你偷人的事我就不追究了，最近镇上一些人因为拆迁费的事要上访，你带个头先把协议签了。

　　二丫看了姚栓牢一眼，又不说话了。姚栓牢最烦的就是她不说话，但面对不说话的她，姚栓牢一点儿办法也没有。按照以往的经验，二丫不说话，肯定是对他说的话有看法。

　　咋，都到这地步了。姚栓牢气呼呼地说，你还不承认自己偷人？

　　我没偷。二丫说，我本来就不喜欢你。

　　姚栓牢恨不得一脚把二丫踹飞，但他压住了火气。对自己，二丫一直就是这个态度。姚栓牢不想再在这件事上纠缠了。婚内出轨，是要负法律责任的。姚栓牢说，谁让我大人有大量呢，我也不追究了。但是，这个协议你一定要带头签。

　　二丫说，你别忘了现在开发日月镇的是三美，不是你。你凭什么管我?

　　姚栓牢哭笑不得地看着二丫,你这个笨驴。姚栓牢指着二丫的鼻子说,夫妻一场,我也不瞒你了,三美是我雇来为我干活的。

　　从三美一出现在日月镇,二丫的心情一下子豁然开朗了:她既为三美的出息高兴,又觉得自己和三美比,太懦弱了。三美的一举一动,都令二丫感到新鲜、服气。二丫为自己有这么一个从小一起长大的姐妹感到自豪,也正是从三美的身上,二丫鼓起了离开姚栓牢、追求自己终身幸福的勇气。姚栓牢的话好像迎头泼来的一桶冷水,浇得她目瞪口呆,如果真是这样,就太可怕了。她又仔细看了姚栓牢一眼,姚栓牢不像在说假话。二丫觉得一下子对未来没有了方向,本来二丫已经答应了三美,准备带头签了协议,把钱拿到手安顿好爹和三顺子后,准备和大锁远走高飞。姚栓牢的话动摇了她对三美的信心,她本来打算走后把爹和三顺子托付给三美的。如果三美和姚栓牢是一伙的,那老天就和她开了个天大的玩笑。

　　你给三美打电话,只要三美承认了我就签。二丫还是想看看姚栓牢说的是不是真的。

　　没等二丫说完,姚栓牢已经拨通了三美的电话,姚栓牢对着话筒说,三美,我和二丫在一起,你把事实告诉她。姚栓牢不等对方回答,就把手机递给了二丫。

　　你们俩是一伙的?二丫对着在黑暗中闪光的手机屏幕问,你是为他开发的日月镇?

　　三美的声音很清楚,二丫姐,不管我和姚老板是不是一起的,你记住,我答应你的一定会做到。

二丫冲着手机又问，三美，你告诉我，到底是不是？

电话那边沉默了，好长时间没有回声。二丫一直等到手机屏幕黑了，才冲着屏幕喊了一声，骗子，都是骗子。把手机还给姚栓牢的二丫异常平静，明天，她对姚栓牢说，办完离婚手续后我就签字。二丫不等姚栓牢说话，扭身走出了屋子。姚栓牢没有阻止她，也没有追出屋子。二丫走出很远了，看见刚才还黑乎乎的屋子里面灯亮了。屋子里面很热，外面的风很大，刮在脸上刀子一样，二丫浑身打了几个颤，但头脑却清醒多了。回来的时候，她还在犹豫怎么向姚栓牢开口，现在她感觉浑身轻松极了。家是回不去了，母亲的坟地她也不想去了。在这寒冷的夜里，她特别想见大锁，从来没有过的渴望。她觉得姚栓牢说得对，原来，她去大锁家的时候，就跟做贼一样，一步三回头，总担心有人看见。现在，她遗憾天太晚了，日月镇的人太懒了，还没有到深夜街上就一个人也没有了。

二丫甩开胳膊，脚把日月街踩得咚咚直响，即使原来在大锁醋坊做工的时候，她也没有像现在这样理直气壮。来到大锁家门前，二丫一边用手在铁门上捶着，一边在黑暗中大喊道，大锁哥，我是二丫，我来找你了，开门。

声音立即和风混在了一起，呼啸着从日月街的上空穿过。

邻居家里，传出了一阵狗吠声。

大 黑 身 亡

　　黑娃镇长说破了嘴皮，大锁就是不点头，一根接一根地抽烟。烟屁扔了一地了，大锁刚抽完一支，又用手在烟盒里面摸。摸了几下后，知道随身携带的大半盒烟已经抽完了，大锁闭上了眼睛，以免目光和黑娃镇长的目光对视。日月洞里本来就不通风，何况两个人身处在洞中洞——月洞中，烟气无法流动，成雾状盘旋在洞中，大锁就像个闭关修炼的世外高人一样，头顶烟雾缭绕，身体一动不动。

　　黑娃继续做着努力，这是积德造福的事，你为什么不干？

　　大锁吐出了一口气，闷声闷气地说，你找别人吧？我干不了。

　　枉我白信任你一场。黑娃气不打一处来，整个日月镇的人我都掂量完了，这事只有你干，我才放心。

　　大锁睁开眼睛看了黑娃一眼，又把头埋在了手掌中，镇长，叔，我真的干不了，我还有别的事呢。

　　你的事我知道，你把这件事帮我干完了，我就放你走。黑娃说。

大锁又不说话了，手不由自主又往空烟盒里摸去。黑娃见了，扔过去一包烟，看着大锁拆开了，才说，我知道你为什么不干了。

见大锁只顾抽烟，黑娃故意慢悠悠地说，你是怕姚栓牢找你麻烦？真要怕了。黑娃走到大锁跟前，说出来，我就不为难你了。

大锁说，叔，你也别激我，你为啥非要我去干？你真开了口，能干这事、愿意干这事的人多着呢。我真的有事，我得利用这段时间找找大凤。

大凤丢不了。黑娃说，三美不是拿回她的亲笔信了吗？也就是说，三美肯定知道大凤在哪儿。她虽然不告诉你大凤具体在哪儿，但起码说明了一点，大凤是安全的。你要实在不放心，你帮我办这事，我负责把大凤给你找回来。

外面冰天雪地，窑洞里面却越来越热，大锁用衣袖抹掉脑门上的汗，认真地琢磨了一下，觉得黑娃镇长说得也对，其实，他并不是一定要见到大凤，他只要知道大凤没事就行了。真要见了大凤，大锁不知道该如何面对。

就在这时，一声尖厉而又急促的叫声传进了洞里。大锁看见，这一声叫声直接撞击在了黑娃的心上，黑娃的脸色变了，他大喊了一声"大黑"就从月洞里面冲了出去，等到大锁也从里面出来的时候，才发现他和黑娃镇长谁也出不去了。日月洞内浓烟滚滚，有一种窒息感。洞口火光冲天，火舌已经舔着门框爬了进来。黑娃和大锁都看见洞口堆满了木料，火焰在木材上跳跃着。整个洞口全被火焰填充了。洞外的狼叫声愈来愈急，黑娃镇长拿了一个扫把，拼命地想冲到洞口，扑打火苗，却被巨大的热浪冲了回来。大锁立即趴在地上，用衣袖蒙在鼻子上，从地上爬过去将黑娃拉倒在了地上。热浪排山倒海般冲了过来，大锁和黑娃绝望地看着已经在屋内跳动的火焰，无能为力。

奇迹发生的时候，大锁和黑娃还都极力保持着清醒。一个庞然大物愣把火焰撕开了一道口子，穿过火墙跃进了洞内。大锁被这个突兀出现的身形像狗却皮毛不整的庞然大物吓了一跳，黑娃见了，眼泪一下子流了出来。上次是什么时候流的眼泪，黑娃已经没有印象了。好像自从他掌管了日月镇，就没有在别人面前流泪的记忆。黑娃喊了一声大黑，伸出颤抖的手在大黑身上摸了一下，大黑立即忍受不住疼痛似的跳开了。大锁这才看清楚了，这是一匹狼，比狗整整大出一圈的狼。此刻，它围着黑娃转了几圈，眼睛里似乎闪动着泪花。令黑娃和大锁没有想到的是，它又向洞口的火海冲了过去。大黑的身影瞬间从火焰中消失了，火焰好像张开嘴喘了一口气，重新闭合上了嘴巴。洞口成了火焰占领的阵地，红彤彤的火把洞口牢牢地封锁住了。

但就在一瞬间，大黑又穿过火焰，从洞外扑入到洞内。大锁和黑娃惊呆了，他们甚至能看到洞口带着火焰的木材散落的情形。两次，还是三次，或者五次、六次地冲锋，黑娃和大锁都不记得了，黑娃只知道自己泪流满面，大锁长这样大，也还是第一次看见一匹狼会如此地灵性和仗义。

火焰封锁的洞口在大黑一次又一次冲击下，终于敞开了一道缺口，洞内的浓烟转了向，从最初的由外向里变为由里向外，黑娃的老泪还在纵横，大锁敏锐地看到了这条生命通道，拉着黑娃镇长不顾一切地从缺口跑了出去。外面的天色已经黑了，除了还在夜幕中燃烧的堆在洞口的柴火，旁边什么也看不见。看来火烧日月洞的人一心要置他们于死地，这么多的柴火搬到洞口来，费了多少劲？更何况两个人还在洞里。大锁想，这是要活活地把他们两个人烧死，这得多大的积怨和仇恨啊？！

黑娃镇长可能才清醒过来，从地上爬起来就要往洞里跑，被大锁一把抓住了。黑娃玩命地撕扯着，声嘶力竭地喊，大黑，大黑还在洞里呢。大锁这才反应过来，只顾自己逃命了，竟然把那条忠义的狼给忘了。大锁重新把黑娃镇长摁在了地上，叔，我去。在洞里没办法，洞外就容易多了，大锁拿了一根柴火，左右一顿乱抢，未燃尽的柴火散了架一般，七零八落在洞口两旁。柴火打了单，火焰瞬间变成了火苗，大锁冲进了洞内。除了冒出洞口的浓烟，大锁半天也没有出来。黑娃再也等不了了，用衣袖抹了一把眼泪，也冲了进去。大黑身上的毛已经被烧尽了，全身发着一阵焦臭，躺在地上一动不动。黑娃是从大锁的眼里发现情况不对的，大锁坐在大黑旁边，红红的眼里溢满了泪水。

整个日月山都听到了黑娃呼唤大黑的声音，黑娃抓住大黑的腿想把它从地上拉起来，才发现随着手滑动的只是大黑的皮。黑娃镇长用手一提，腿上的骨头就露了出来，白森森地吓人。黑娃不敢再动了，一屁股坐在了地上，和大锁一样看着地上的大黑尸体流泪。

不知道过去了多久，洞外的火苗已经全熄灭了，日月洞里什么也看不见了，只听见洞外高速路上有消防车呼啸而过。黑娃和大锁相互看了一眼，互相看不到对方的眼泪。黑娃说，埋了吧。大锁用手在眼眶上搓了搓，说道，我去拿铁锹。两个人找了一块门板，小心翼翼地把大黑的尸体挪了上去，抬着出了日月洞。大锁问，埋哪儿？黑娃镇长不吭气，往山上走去。大锁随着黑娃的脚步来到了半山腰一个洞口前，两个人把门板放了下来，连同门板一起推进了洞内。黑娃一边推一边说，大黑，回家了。大锁这才知道这条名叫大黑的狼本身就住在这个洞内。足足有一个小时，两个人轮换着用土把洞口填满。得给这匹狼立个碑，大锁说。它不是狼，黑娃扭头看着大锁，有这么忠义的狼吗？大锁说，是狗啊，这条狗真大，我还以为是匹狼呢。黑娃对着大锁，又像是对着黑洞洞的天空大喊道，它也不是狗，它是兄弟，大黑兄弟。

直到下山的时候，黑娃镇长才问，你觉得是谁想烧死我？

大锁说，不知道，但肯定是和你有不共戴天仇恨的人。

黑娃又问，你觉得放火的人是只想烧死我呢？还是想烧死我们？

大锁心头一惊，说道，咱们来的时候，天还亮着，别人肯定能看见洞外的车。走了几步，又说，谁都知道，你不会开车。大锁头皮紧了，这么说，咱们被跟踪了？

见黑娃镇长不说话，大锁又说，谁和咱们有这么大的恨，要烧死咱们？

上山容易下山难，何况是山路，更何况是积满雪的山路。两个人的脚步都变得小心翼翼的了。

尽管放火的人并没有损坏停放在洞外的车辆，大锁还是认真地检查了一下刹车，一切正常，才说道，叔，回不？

黑娃看着被烧坏的洞门，说，我得看着洞里的东西，这些东西要丢了，我就是跳进黄河也洗不清了。你开车回去，连夜带几个信得过的人过来把门修好。

被 抛 野 外

　　大锁回到家，已经晚上九点多了，他浑身酸困，没有一点劲了。躺在床上，屋子里又冷又静，却一点儿睡意也没有。刚刚过去的遭遇像电影一样一幕一幕在脑子里回旋。那熊熊的烈火不停地在眼前跳跃，大锁闭上眼睛，没有用，活烧得更大更旺，一会儿像舌头，一会儿像牙齿，仿佛要吞噬了他。寒冬腊月，躺在自己家床上钻在被窝里的大锁出了一身冷汗。那条叫大黑的狼也不时浮现在眼前，可怜巴巴地看着他。它的全身光秃秃的，没有一点儿毛发，全身散发着一股焦臭味。大锁不禁全身颤抖了一下，这次，大锁确定不是身冷，而是心惊、后怕。身体的寒冷可以抗拒，心灵上的恐惧无药可救。大锁突然想到进门的时候，他和往常一样忘记了关门，他一跃而起，光着脚跑出去先是关了院门，回到屋里又将房门紧紧关上。这样还不放心，他又将那根蛇皮棍放在枕头边，然后连脚也顾不上擦，就用被子蒙住了头，身体在厚厚的被子下面颤抖不已。

　　好像刚刚关上大门，也许过了一段时间，大锁已经对时间没有了概念，院门就被敲响了，一下一下，很清晰、很刺耳，又很有节奏。大锁像没听见一样，兀自在被窝里缩成一团，一声不吭。敲门的人很有耐心，既不急，也不躁，仍然很有节奏地敲着。敲了好一会儿，门外传来了一个声音，很悦耳，像敲门的声音一样，大锁哥，我知道你在家。有人看见你回来了。

大锁正犹豫着要不要答应，手机震动声响了起来。大锁把手机拿进被窝，刚一接通，三美的声音就传了过来，大锁哥，怎么不开门？

大锁说，今天我累了，已经睡了，有事明天再说吧。

别挂别挂，大锁哥，我有两件重要事告诉你。三美的声音很迫切，第一，二丫和姚老板离婚了。

三美等了一会儿，见大锁没反应，只得把包袱全抖了出来，第二件，从今天晚上开始，二丫就没有家了。她到处找你，打你电话不接，砸你门你不在家，现在不知道人去哪儿了。

大锁不等三美说完，就挂断了电话，果然看见有许多未接，都是二丫打过来的。大锁急忙回拨过去，手机里传来的却是不在服务区的提示音。他们不会也对二丫下手吧？这个念头在脑海一闪现，大锁从床上飞起来，把半床被子掀到了地上。大锁冲出家门的时候，三美还站在门口。三美还没开口，大锁已经从三美身边掠过，向镇东方向而去了。

街上冷冷清清，稀稀拉拉的行人惊慌地躲避着飞速而来的大锁。大锁直接冲进了二丫的家里，二狗愤怒的叫骂声止住了大锁的脚步，找去啊，再去找，跑回来干什么？

三顺子的声音比二狗的还大，我没去找吗，跑了半天了，我没吃没喝，腿都快跑断了，能找的地方都找了，哪儿都没有，你总不能让我变一个人出来吧？

　　二狗的声音绝望、嘶哑，那也得找啊。

　　大锁没有进屋，转身向外跑去。脚下的路光滑，大锁几次差点摔倒在地上，他不但没有放慢脚步，反而加快了奔跑的速度。二丫会去哪儿呢？大锁一边跑一边在脑子里盘旋，在大锁的印象中，二丫能去的地方很少，原来除了自己家的醋坊之外，她经常去的地方就是她娘的坟地了。对，肯定在坟地。大锁有了方向，嘴里冒着白气奔向了镇外的坟地。

　　冬天，没有人上坟，留在雪地上的脚印很少。少，就表示有。大锁看到，通往坟地的小路上留有一行清晰的脚印，大锁只看了一眼，几乎就能肯定那是二丫留下来的。大锁踩着二丫的脚印大步跑着。脚印很准确地把大锁带到了二丫母亲的坟前。坟头上手指一般粗的那棵松树孤零零地在寒风中摆动着干巴巴的树枝。树枝下，除了坟头，还是坟头。大锁不相信，绕着坟墓转了一圈，坟头还是坟头，上面铺满了雪，看上去洁白、干净。只有坟前的墓碑前，多了两个凹进去的窝，明显是膝盖跪过的痕迹。二丫来过，并且待了很长时间。大锁不知道二丫跪在这里向母亲倾诉的时候，自己是被困在日月洞里，还是在掩埋大黑的尸体。

　　除了这里，二丫还会去哪里？雪地里没有离开的脚印，大锁的脚步变得漫无目的，没有了方向。眼前，远处，白色模糊成一片，把一切都遮盖了，雪花是隐藏丑恶的，不应该隐藏二丫，大锁继续跑，拼命地跑，跑完这儿跑那边，好像要把方圆十几里都跑遍。大锁没有目标，只是拼命地奔跑，好像只有跑着，才有希望。鸡叫头遍的时候，大锁拖着一双灌满铅的腿回到了家里。不是他放弃了，而是实在跑不动了。再不回家，他就有可能摔倒在任何一个地方，永远起不来。他大开着院门和房门，妄想着二丫突然走进来。歪倒在床上，他两眼直直地看着门口，期望着奇迹发生，大锁的眼睛看着看着就没有了光彩。

恍惚中，大锁看到二丫向他飘了过来，他看得很清楚，是飘。二丫穿一件用雪片做成的衣服，脸蛋红彤彤的，冲着他笑，鬼魅而神秘。二丫的笑容像一把钩子，把大锁从床上勾了起来。大锁觉得自己的灵魂出窍了，他跟着自己的魂儿迎了上去。还没到二丫跟前，二丫的脸色突然变得很冬天，转身腾云驾雾般远去了。大锁能看到二丫雪白的衣袂在空中飘荡，一种即将失去二丫的预感顽固地占据着他的大脑，并不停地提示着他，这是唯一的一次机会了，这一次再追不上，就可能真的永远地失去了。大凤不辞而别、一去不返，宁愿带一张字据也不想见他了。只有二丫一如既往地想着他，义无反顾地爱着他，他再也不能没有二丫了。何况，把一切都交给了他的二丫，现在已经无依无靠了。大锁又一次发疯了，发疯地跑，发疯地追。二丫好像在故意考验他，不管他跑得有多快，二丫总是在前面不远的地方，总也追不上。大锁模模糊糊地记得，他一直追到了坟地，二丫到了母亲的坟前后，在大锁的眼皮底下，就和覆盖在坟墓上的雪花融为了一体。大锁不能眼巴巴地看着二丫化为乌有，用两只手在雪地里狂刨，企图把二丫刨出来，雪花已经结成了结实的雪块，冰冷地拒绝他的手指和期望。大锁绝望了，绝望到无能为力。黑夜时而像一只巨大的麻袋，把他囚禁在了里面；时而又结成了一股股绳索，密密麻麻地捆绑住了他。令他动弹不得……

大锁是被冻醒的，睁开眼睛的大锁发现自己真的在一个麻袋里，麻袋口紧紧地扎着，他的双手也被绑着，透过麻袋眼透进来的微弱的光线，大锁发现捆住他双手的是自己的袜子。而麻袋现在在什么地方，大锁不知道，能确定的是他肯定没有在自己的家里，更没有在自己的床上。寒气针扎一样从麻袋的四周蜂拥而来，大锁动了一下自己的腿，才知道腿脚和手一样，也被紧紧地绑住了，比手捆得更结实，伸不直、弯不了。大锁没有束手待毙，幸好嘴巴没有被堵住，大锁用尽了全身的力气喊道，有人吗？

传进麻袋里的声音让大锁觉得又进入了梦境，大锁哥，是你吗？麻袋外面分明是二丫急切的声音。麻袋口被解开的时候，大锁看到，二丫母亲的墓碑在晨曦中冷冷地看着他。

黑 娃 失 联

  回到家，大锁还在发抖。寒气渗进了骨头里，由里到外，彻骨的冷。不只是身上簌簌发抖，心里更是惊恐不已。有些事，不敢想，明明躺在自己家床上，怎么会莫名其妙地到了坟地？而且，被装进了麻袋，手脚还被捆着。经历了日月洞的火攻，不管黑娃怎么样启发、鼓动，大锁心里还是保留了一丝侥幸：可能是自己运气不好，让自己给赶上了。但是，已经死里逃生的大锁又被人装进麻袋扔到了坟地里，就不会是巧合了。对方无疑没想要他的命，只是在警告他。那么，是谁警告自己呢？为什么要警告自己？是因为自己拒迁，还是由于和镇长走得太近？除此之外，大锁实在想不出还有什么人对自己如此恨之入骨。如果是因为地方，要地的是三美，从小在日月镇长大的三美不会对自己下这么重的手。如果是因为黑娃镇长？日月洞中月洞里的秘密闪现在他的脑海，大锁不寒而栗。

  二丫和大锁一样，也在发抖。她显然是被吓坏了，一会儿看看大锁，一会儿又看看屋外的天空，眼光飘移而又惊恐不安。二丫打开麻袋，把大锁从里面救出来的时候，他和大锁都看到，捆住大锁两只手的是大锁的袜子，而捆住大锁腿脚的却是二丫的红色弹力内裤。这条内裤因为破了一个洞，有二丫亲手打的补丁在上面，二丫一眼就认出来了。正因为认出来了，二丫比发现大锁被囚于麻袋中更惊恐。昨晚她先去的大锁家，院门锁着，她打了好几个电话，也没有人接。恰巧遇见了三美，好说歹说把她带到了自己的住处。早晨一睁开眼，她不知道大锁昨夜回来没有，急忙起床穿衣，发现昨晚挂在三美暖气片上的弹力内裤找不见了。因为着急，她也没有在意，急急赶了过来。大锁家院门虚掩，房门大开，床上的被子凌乱不堪。二丫把床上的被子叠好，又把屋子里扫了一遍，把柜子上的土擦了擦，还不见大锁回来，就留了一张纸条，然后就去了母亲的坟地。二丫就想去给母亲再说一声，万一哪天突然走了，想和母亲说话就不容易了。好像是冥冥中注定的，没想到这一去就救了大锁。否则，冰天雪地的，坟地无人，大锁哥肯定就被冻坏了。

　　二丫一遍又一遍地想，昨晚，她站在大锁家门口敲门，三美从天而降，把自己叫到自己的住处。而她住在三美这里，也没有别人知道，谁会从三美的房间拿走自己的内裤去绑大锁呢？炉子里的火苗蹿了上来，屋子里慢慢有了温度，暖和了许多，大锁也停止了发抖，看着二丫说，你的手机带了没有？二丫在口袋里摸了一下，说道，出来得急，忘在三美那儿了？大锁问道，你是什么时候去三美那儿的？二丫说，昨晚和姚栓牢挑明后，我来找你，你不在家。我也不敢回家，三美正好路过，把我带她的住处了。大锁说，昨晚三美还来找过我，说你人不见了，我整整找了你半个晚上。

大锁说完，看了二丫一眼，二丫也看了大锁一眼，两个人都感到有一股寒气从门缝中吹了进来。大锁说，我明白了。我的手机也没电了，你赶快去找黑娃镇长。

干啥？二丫紧张地问？

你别管。大锁说，见了黑娃镇长，就说一句话，大锁答应你了。

二丫又问，黑娃让你做啥？

大锁说，镇政府现在已经上班了，快去吧。

二丫一脸担忧，大锁哥，我现在只有你了，你可别干傻事。

大锁说，我现在也只有你了，这件事不干连你也就没有了。

二丫再问，大锁什么也不说了。二丫只好从大锁家出来，迎着寒风往镇政府走去。日月街上已经有了三三两两的左邻右舍，看见二丫过来，都低头清理门前的雪。二丫刚走过去，就听见身后传来了唾沫呸地的声音。这声音，比刮在身上的风还要冷，二丫开始加快了脚步，后来小跑着往镇政府而去。

镇政府失去了往日的静谧和庄严，大院里闹哄哄的。几乎政府的工作人员全都站在院子里，三人一群，五人一伙，交头接耳，议论纷纷。每个人脸上都是一副凝重的表情。

看见二丫进来，郭一凡从人群中走了出来，二丫，你来干什么？

二丫说，镇长叔在不？我找镇长。

郭一凡小声道，不在？

去哪儿了？二丫问。

失踪了。郭一凡说。

失踪了？二丫想起大锁的遭遇，吓坏了，一句话也说不出来。

怎么，你不相信？今天就没来上班，手机也不通，办公室乱七八糟的，好像被贼偷过一样。

二丫不知道怎么从镇政府走出来的，郭一凡还说了什么，她一句也没听进去。她只有一个想法，赶快回去，把这个消息告诉大锁。凭感觉，黑娃镇长一定知道自己要出事了，也一定给大锁交代了什么？她要阻止大锁，二丫一边跑一边在心里祈祷，大锁哥，你可千万不要再干傻事了，人家有钱有势，我们斗不过的。

来回不到半个小时，就这么一会儿工夫，等她紧赶慢赶进了大锁的家，发现房门大开着，屋子里却空荡荡的，大锁不见了？二丫从屋子里冲出来，前院后院地找，院子里和屋子里一样，分明还留着大锁的气息，人却没有了踪影。二丫绝望地仰头面朝天空，空中黑压压的，好像天塌了下来，压得二丫喘不过气来。

大锁一定不会不告而别的，二丫回到屋子里面，认真地查看着里面的一切，当门后面的那张纸条跃入眼帘的时候，二丫差点流出眼泪。那是大锁留下来的，留给她的。二丫不知道等待自己的是什么结果，她把纸拿在手上，长长地吸了一口气，才将目光落在了那些带有大锁特征的字上：二丫，我去办一件事，一件很重要的事。原谅我瞒了你，黑娃镇长已经向反贪局自首了，他给我发了短信，我去办他交代的事去了。你见到纸条后，立即坐车去县城等我，钱在枕头下面。如果我没去找你，你就自己想办法找个工作。记住，不管多难，都不能再去找三美了。她和姚栓牢是一伙的。切记切记。当这些字一个一个蹦入眼帘里，二丫的后背都湿了。自己太大意了，三美是姚栓牢的人，姚栓牢明明白白地告诉过她，她不该轻信三美的解释和承诺，住到了她的住处。更可笑的是，昨天晚上，她几乎向三美说明了一切：她对大锁的感情、姚栓牢的卑鄙和无耻，最后竟然把自己的父亲和弟弟托付给了她。

二丫一遍又一遍地看着纸条，她知道自己不会按照大锁交代的去做，不管大锁干什么去了，她都要等他回来。更何况，她还要重新安置自己的父亲和弟弟。

二丫准备去找三美，她要去问问她，问问她怎么如此凶狠、毒辣。二丫从枕头下面把钱拿出来，压在了床尾，然后走出屋子，拉上了屋门。她不知道这间屋子她还能不能回来，二丫站在院子中间，久久地看着大锁家的一切，好像要装进眼睛带走似的。这时候，身后伸过来一只手、一只戴着皮手套的手，重重地拍在了二丫的肩上。

二丫回头，看见三美站在自己面前，满脸焦急的样子。

姚栓牢失联

从小到大，二丫没有和人拉过脸。没有拉和会不会拉是两回事。二丫再次看见三美的时候，小巧的本来椭圆形的鹅蛋脸立即拉得像个冬瓜。而长在冬瓜上的两个眼睛更是蓄满了怨恨。

怎么了，二丫姐？三美依然一副着急的神情。

二丫的眼睛瞪得圆圆的，你问我？我还想问你呢。亏我拿你当亲人一样，没想到你这般歹毒。

三美更着急了，到底怎么了？

二丫把头扭向一边，眼睛落在了墙头上，说道，你真的还是那个在日月街长大的三美吗？

三美两只手把二丫的头扳过来，然后放在二丫的肩膀上，强迫二丫的眼睛与自己对视，咱们是不是姐妹？二丫姐，你告诉我，到底发生什么事了？

二丫从三美的眼睛里看见了自己，三美的眼睛很着急、很纯净，纯净得使二丫觉得不像作假，二丫可以不相信自己的感觉，

219

却不能不听大锁的话，她看着三美的眼睛说，你不来找我，我还要找你呢。你为什么故意把我叫到你的住处，又去骗大锁哥说我不见了。害得大锁哥到处找不见我，又怕我回来进不了门，晚上就没有锁大门。结果你们趁他熟睡，狠心地把他装进麻袋扔到了我妈的坟地里。要不是今天早晨我去看我妈，这么冷的天，大锁哥就是没死也被冻坏了。

你说什么，大锁哥昨晚被人绑了，扔到了坟地里？三美的眼睛瞪得很夸张。

真不是你们干的？二丫看着三美吃惊的表情，自己也犹豫了。

二丫姐，你把我看成什么人了，我怎么会干这事？三美气愤地说。

那骗大锁哥说我失踪了总该是你吧？

是我对大锁哥说了谎话，但那是因为郭一凡说晚上要找大锁哥谈谈搬迁的事，怕大锁哥不开门，所以才想了这么个办法。三美说这话的时候，脸上还是一副疑惑的样子，说完脸就变得苍白。

不会是郭老师，他见了大锁哥不被吓跑就不错了。二丫摇着头，肯定还有别人。

三美虽然回来时间不长，已经对今日的日月镇有自己的判断。在日月镇上，敢对大锁下手的，只有两个人，一个是镇长黑娃，另一个就是姚栓牢了。黑娃视大锁为心腹，算计大锁的可能性不大。那么，就只有姚栓牢有这个能力了。二丫嘴里的别人只能是姚栓牢了。三美想，自己能想到，二丫不会想不到，只不过没有挑明罢了。想到这里，三美感到了一阵恐惧，这个恐惧从日月洞着火就一直萦绕在心里，现在更甚。先是黑娃镇长，这次又是大锁，是不是每个阻挡开发的人都是这个下场？姚栓牢还是那个收留了自己十多年、自己一直视为人生知己的大恩人吗？寒冬腊月，三美头上冒出了汗，后背也湿了。三美突然想起了他来找大锁和二丫的目的。

还有一件事，三美看着二丫说，姚老板也不知道去哪儿了，联系不上了。

二丫鼻子里哼了一下，小声嘀咕了一句，畏罪潜逃。

二丫的心事三美明白，可是，三美说，不会啊，姚栓牢的产业都在日月镇，这次为了开发日月街，他把这几年投在老城的钱也全抽了回来，可以说，现在他全部的资产都在日月镇，他是不会离开的。

二丫又冷笑了一声，他离不离开，已经和我没有关系了。正好你来了，顺便告诉你一声，我爹和我弟弟的事就不劳你费心了，我自己会处理好的。二丫在自己的眼睛上拍了一把，我看错人了，眼瞎了。

无意中成了帮凶，三美心里有愧，她拉住二丫的手说，二丫姐，不管你咋样看我，我都会安排好二狗伯和三顺子的。

我还敢吗？二丫说道，我怕哪天晚上又把我爹和三顺子扔到我妈的坟地上。三顺子没关系，我爹年龄大了，我还想让他多活几年呢。

三美知道二丫的性子倔，自己认定的事一时半会儿也说不清楚，就换了一个话题，二丫姐，既然话已经扯到姚栓牢身上了，那我告诉你一句，你离开姚栓牢的选择是对的。

三美这次回来，身上本来就带着很多谜团，尤其在自己面前，没有少说姚栓牢的好话。今天太阳从西边出来了，三美的话让二丫疑惑了。

有人看见了。虽然在大锁家里，三美还是小心谨慎地看看四周，压低声音说，姚栓牢可能让反贪局的人给带走了。

如果黑娃镇长自首了，姚栓牢被带走是情理之中的事，二丫没想到会这么快，她抓住了三美的手，真的？你亲眼见了？

三美摇了摇头，郭一凡看见了。虽然带走姚栓牢的人穿的是便衣，但有一个人郭一凡认识，原来是县中的老师，后来调到检察院去了。

二丫说，姚栓牢怎么样我不管，我只管大锁哥会不会出事。

二丫的话音刚落地，从大门外传来了一个熟悉的声音，你不管我管，姚大哥是不是出事了？

二丫和三美浑身颤抖了一下，好像大白天遇见了鬼，两个人的脸色都变了。高跟鞋在砖地上叩击的声音把两个人的目光拽了过去，一个打扮得和三美一模一样的女人一步一步走了过来。

大 凤 回 家

早上六点钟，如果是夏天，夜色早就跑了。冬天把天给冻住了，快七点钟了，天上还没有一点儿亮光。大凤不仅年龄大，胆子也大。总是第一个走出家门，摸黑走到镇东头二丫家门口，站在柳树下大声地喊着二丫的名字。那时候，冬天的日月镇总是让大凤喊醒的。听见大凤的声音，二丫好像站在门后，就等着这一声呐喊。大凤的声音一响，二丫家的院门就开了。二丫背着书包，一个箭步蹿了出来，屁颠屁颠地跟在大凤身后，向着镇西头走去。长长的日月镇上，没有月光，只有黑暗。大凤和二丫都看不见脚下的路。她们不用看路，日月镇的路就在她们心里。路上有几个坑，哪边的水沟上没有盖板，谁家的门口有个粪堆，她们都一清二楚。两个人脚步轻快，很快就走到了镇西头。

于是，日月镇上就传出了一高一低两个声音，高音的当然是大凤，二丫就是喊破嗓子也没有大凤的嗓门高。两个声音喊着同一个名字：三美。

三美不是第一个走出家门的，但却是日月镇上起得最早的人。当大凤和二丫的声音在门外响起的时候，她已经给长年卧病在床的爹娘做好了早饭。但是，她却没有吃过一次热乎的早饭。总是在一高一低两个声音喊到第三声的时候，拿着一个馒头出现在门口。手里的馒头是凉的，三个人的心却是热的。大凤走在中间，二丫在左，三美在右，向着镇外的学校方向迈开了脚步。在三个女孩的脚步声中，日月街上开始亮起了灯光，传来了院门开启的声音。那时候的日月镇，每天都是被她们三个叫醒的。而在他们身后，总是跟着一声不吭的大锁。既不靠近，也不远离，也不知道是跟随者，还是保护者。只要身后的脚步声依旧，三个女孩踏破黑暗的胆子就壮，腰板就直，脚步声就铿锵有力……

　　转眼间，十几年过去了。十几年的岁月改变了每个人的容颜。站在大锁家的院子里，大凤、二丫、三美一个看着一个，不说话。大凤明显地变了，原来的大凤，是小镇时装的引领者，现在站在面前的大凤，头发卷了起来，原来也卷，但没有现在卷得有气势，原来是小花卷，现在是大波浪。脸色本来就白净，现在看起来很娇嫩，猛一看，比二丫还年轻。全身上下，一身皮货。乳白色的皮大衣一直覆盖到膝盖以下，皮衣里面白色的羊绒毛衣在大红的围巾后面若隐若现。皮裤却是黑色的，和脚上黑色的皮靴融为一体。和三美刚回来时的感觉一样，时尚、洋气、高贵。大凤从小霸气，眉宇间看二丫和三美的眼神就有些居高临下。二丫躲开了这种目光，把头低下，看着自己的脚下，脚不自然地在地面上摩擦。三美也想移开目光，却被大凤抓住不放。

说吧，姚大哥到底怎么了？

三美只好说道，不知道，手机关机，厂里没人，联系不上了。

废话，能联系上我还用问你？

大凤不抬脚，不动手，只用自己的语气就将二丫的头抬了起来，你是姚大哥的妻子，你说，姚大哥去哪儿了？

大凤姐，二丫习惯性地有些紧张，我和姚栓牢已经离了，他去哪儿了我也不知道。

大凤斜乜着二丫，真和姚大哥离婚了？

二丫使劲地点了点头。

喜欢大锁？

二丫又要躲开大凤的目光，被大凤的话语拉了回来，喜欢就喜欢，有什么不敢承认的？正好，你跟你的大锁哥，我找我的姚大哥。在两个人惊诧的眼神中，大凤的手从皮大衣里面掏了出来，在空中有力地一挥，然后，直指着二丫，不许反悔！

不，大凤姐，三美脱口而出，不能，你不能嫁给姚老板。

自从成了日月街上的风景以后，大凤的眼里就没有了整天一身破旧衣服的二丫，现在即使二丫也穿得光鲜亮丽，但她认为这是成了姚夫人以后被包装的结果。三美的话语一出口，大凤敏锐地意识到，她现在的敌人不是二丫，而是三美。

为什么不能？你也想嫁姚大哥？姚大哥给你表白过？大凤直视着三美，你跟着姚大哥十几年了，他要是心里有你，也不会娶二丫了。

我不是这个意思，说实话，姚老板是我的大恩人，没有他，我可能活不到今天。三美恨不能把心掏出来，我是说，你不真正了解姚老板，嫁给他会毁了你的。

听了三美的话，大凤禁不住仰天长叹，都说世间男人薄情，在我看来，女人更甚！看着姚大哥出事了，一个急急忙忙离婚也就罢了，另一个吃姚大哥穿姚大哥长大的人不但不感恩，还在这儿挑拨离间？大凤愤怒的眼神从天空移到三美身上，我在老城住得好好的，知道我为什么回来吗？就是因为姚大哥出事了我才回来的，我就是拼了命也要救姚大哥出来。

三美白净的脸庞被大凤说得通红，她知道不告诉大凤实情，大凤是不会醒悟的，在老城，她已经做了帮手，这次再也不能看着大凤糊涂下去了。

大凤姐，我小人做到底，告诉你实情吧。三美看了看大凤，又看了看二丫，反正现在就咱们三姐妹，实话告诉你，那天晚上，在老城糟蹋你的不是郭一凡，而是姚老板。郭一凡喝醉了酒，是被利用的。

你说什么？大凤脸色大变，一把抓住三美的肩膀，你说的是真的？

三美点了点头，千真万确。

大凤笑了，突然间朝天大笑，二丫和三美都看到，在大凤朝天狂笑的脸庞上，满眼的泪水汹涌而下。二丫和三美一边一个抓住了大凤的胳膊，两个人都觉得，三姐妹又回来了。

大凤终于笑完了，不笑了的大凤用手抹去脸上的泪水，紧紧地握住了三美的两只手，好妹妹，谢谢你告诉姐这些。大凤的脸上已经被欣喜笼罩了，你不知道姐这些日子最遗憾是什么吗？就是没有把一个干净身子交给姚大哥，现在好了，姐可以清清爽爽地嫁给姚大哥了。大凤说完，又笑了，笑出了满眼的泪花。

二丫和三美面面相觑，以为大凤被气糊涂了，两个人一边一个摇着大凤的胳膊，大凤姐，二丫和三美的眼睛都红了，大凤姐，你别伤心了。姚栓牢已经被抓了，事情已经过去了。

大凤真的不笑了，不笑了的大凤神情很认真，你们多大了，我是伤心吗？我这是高兴。我知道姚大哥被抓了，我要救他出来，出不来我就等他。我这辈子生是姚大哥的人，死是姚大哥的鬼。

日月镇停止开发

　　日月镇上的人喜欢雪，雪来了，整个镇子就干净了。洁净的日月镇比平时更加美丽，也把家家户户的房屋、院落、树权打扮得一尘不染。但是，日月镇上的人不喜欢风。雪本身是美丽、温柔的，风一加入，雪就变得很无情，刀子似的，刀刀直往人的身上割。所以，有雪的日月街上人头攒动，风雪交加的日月镇上空无一人。

　　镇政府门口的布告栏里，郭一凡的布告已经贴出去大半天了，没有一个人驻足。偶尔有从政府门口路过的，也是头也不抬，低头缩脑、急匆匆地一晃而过。只有郭一凡一个人，过一会儿从政府大院里走出来，东张张西望望，逮住一个人影了，老远就喊，不好了，出大事了，快来看看，没钱赚了。看着来人一副漠不关心的样子，耷拉着脑袋又走了回去。日月镇什么时候这么金贵了，郭一凡从小在日月镇长大，也不知道日月镇竟然是几千年前的一个遗址，地下埋了什么文物。政府部门一纸公文，谁也不敢动了。想到这儿，郭一凡感觉冬天的寒风只吹在了他一个人身上。镇政府开发局不开发

228

了还会有开发机构吗？为了这个位置，他费了多少周折和心思？得来不易，失去，只需要一张纸。郭一凡唯一的希望就是，日月镇的居民能团结起来，看在钱的份儿上，聚众闹事，把文物部门的决定否了。

天，太冷了；雪，太大了；何况，还有风。风雪把人逼进了家门，没有一个人关心这个让他们把即将到手的一大沓钞票失去的布告。郭一凡进了办公室，把炉火烧得一尺多高，贪婪地看着屋子里的一切。郭一凡的办公室是政府里面最小的一间，以前，他没少发牢骚，现在，他却觉得这间办公室是那么亲切，这间屋子里的一切都已经成了自己身上的器官，和他融为一体了。

直到炉火把他的影子投在墙壁上，郭一凡才知道，天已经全黑了。他没有开灯，也不想开灯。镇政府的人都走了，偌大的院子只剩下了他一个人。政府大院里从来没有像今天这样孤寂、悲凉。郭一凡感觉他被整个世界抛弃了。炉火一会儿张牙舞爪，龇牙咧嘴；一会儿有气无力，随时好像要熄灭。但是，这一切，都将和自己没有一点儿关系了。他本身就是借调过来的，在政府没有编制，他不知道学校里是否还有自己的岗位。离开的时候，他就没想到要回去，他是看着学校的天空离开的，他不知道真回去了，他该以什么样的面目示人。

郭一凡认真地反思了自己走过的路，平时太忙了，竟然没有时间思考。有时候，机会对人来说，既是天堂，也是地狱。就像自己，离开学校的时候，他觉得离开了地狱，进入了天堂；现在，他觉得自己又要回到地狱里去。现实和他开了一个很大的玩笑，可悲、太可悲了！

姚栓牢被带走的时候，他是唯一的目击者。只不过他躲在暗处，没有人发现。姚栓牢有这一天，他认为是早晚的事。在学校教政治的郭一凡早就分析过日月镇的政治生态。在他眼里，日月镇只有三个人，一个是镇长黑娃，一个是商人姚栓牢，还有一个是万人怕的大锁。这三个人分别代表了镇上三种生态：一个有权，一个有钱，一个有威。权可以生钱，钱也能变权。不管是权生钱，还是钱变权，郭一凡知道都是要踩红线的。唯独威可以长久。所以，姚栓牢及时修订了自己儿时的理想，对这三个人，郭一凡一个也不想得罪，一直小心翼翼地维系着。姚栓牢在他眼里，只是个跳板；黑娃是个保障；而大锁，一直是自己心仪的归宿。正因为此，尽管大锁比自己年龄小，他一直坚定地认大锁为老大。姚栓牢铁定要出事，尤其进了政府开发局，和姚栓牢的项目接触越多，这种判断愈发坚定。但他没想到，镇长黑娃陷得这样深，深到和姚栓牢一样，也被反贪局叫走了。这两个人能否回来，郭一凡心里没有底。现在郭一凡最恨的是姚栓牢，最怕的是大锁。他恨姚栓牢趁自己酒醉，把自己扔到大凤的床上；他怕大锁知道以后，会剥了自己的皮。

日月镇风势正强，目中无人在街上刮着。街道上没有一点儿光亮，连路灯也都瞎了。郭一凡很奇怪，在这个伸手不见五指的夜晚，他仿佛开了天眼，把一切都看得清清楚楚。他看见路面上没有水泥，全是坑坑洼洼的土路，街道两边的房屋都很简陋，每家每户的大门竟然都敞开着。透过大开的大门，能看见靠在土墙上的农具，屋檐下的粮食，以及后院用篱笆拦着的猪、牛、羊、鸡。人们都在屋子里呼呼大睡，从门口路过的人，饿了、渴了，没有一个人向近在咫尺又无人看管的粮食投去觊觎的目光。郭一凡想，也许这就是传说中的"路不拾遗，夜不闭户"吧。郭一凡又走了一段，发现前面路边，有一个圆圈，圈里站着几个人，一个个神情懊悔，好像做了见不得人的事。好奇心使得郭一凡问了一句，你们怎么了？其中一个人看了他一眼，我们犯法了。郭一凡又问，犯了什么法？那人说，我们几个因为一点口角，打架了，被官府关在这里思过。郭一凡四周看看，并无看管的人。又问，官府人呢？圈里的人回答道，回去睡觉了。那你们为什么不走？郭一凡很奇怪。那人指着脚下的圆圈说，这是官府的人画的红线，没有他们的允许，我们是不能擅自走出这个圆圈的。郭一凡脑子灵光一闪，这不就是"画地为牢"吗？我在课堂上还给学生讲过这个故事。圆圈里的人纷纷点头。郭一凡口中喃喃道，怎么会这样？怎么能这样？看着圈里的人一幅理所应当的表情，郭一凡再也说不出话来。

他只好继续往前走去，他觉得这个地方很熟悉，不是大锁的家，就是大凤的家。郭一凡向东看了一眼，又向西看了一眼，确信自己正站在日月镇的中心位置。他清楚地记得，日月镇是东西走向，而大锁的家在日月街的北边，大凤的家在日月街的南边，两家门对门。郭一凡能分清东西，却无法确定南北，就像生活一样，置身其中，却经常难辨东西。

一阵冷风席卷而来，彻骨的寒气终于使他清醒过来。郭一凡终于知道自己失败的原因了，根源就在大凤家。在整个日月镇上，大凤家是第一个被拆迁的住户。在施工的时候，就从大凤家的房屋下挖出了许多破烂的盆盆罐罐。施工人谁也没当一回事，继续深挖，结果越挖这种罐子越多，终于把一帮看起来不食人间烟火的人引了过来。这些人见了这些盆盆罐罐，好像乞丐见到了金元宝，两只眼都放出光来。他们捧住这些破坛烂罐，就像老来得子一样地小心翼翼。经过勘探，他们认为这些东西，大锁家更多。以大锁和大凤家为中心，这些盆盆罐罐布满了整个日月镇。后来，后来才有了镇政府门口的那张布告。

一股莫名其妙的怒气突如其来，郭一凡冲进大凤、抑或大锁的家里，抄起屋檐下的一把锄头，对着那些盆盆罐罐一顿乱抡。坛子、罐子没有砸破，郭一凡却把自己砸醒了。睁开眼睛的郭一凡定睛看去，自己正斜靠在办公室的沙发上，房间里面影影绰绰、摇曳不定，一股炉火正在摇头晃脑地熊熊燃烧。

日月镇回归平静

日月街上刮过几场大风之后，地上的积雪化尽了。日月街露出了本来的面目，宽阔的水泥路面上污迹斑斑，路两旁的排水沟里，残留着淤泥、枯叶和破烂的在风中摇摆的塑料纸。天亮了，家家户户的人从院门里走出来，互相打声招呼，该东往东、该西往西而去。到了吃饭时间，家家屋顶上冒着白烟，拟或黑烟，或白或黑的烟雾在空中散开，随风飘荡，使得日月镇充满了烟火的味道。

一切的一切，包括人们的表情，都恢复了常态。好像日月镇就是如此，就应该这样。只是，镇长黑娃再也没有回来，新的镇长已经到任了，但日月镇的人觉得黑娃肯定能回来，只是时间问题。姚栓牢也没有回来，日月镇的人都觉得姚老板肯定回不来了，只有大凤一个人坚信姚栓牢能回来。日月镇停止开发后，大凤又住回了自己的家里，每天照例去机械厂上班，只是机械厂已经不是姚栓牢的了，又成了镇政府的资产。一到星期天，大凤就做好多好吃的，匆匆往县城去了。日月镇的人都看见，大凤去的时候的包有多鼓，回来的时候就有多圆。镇上年龄大一些的大妈看了心中不忍，在大凤从面前走过的时候，劝道，孩子，别跑了。大凤笑笑，照常走了。

郭一凡还在镇政府工作，只不过开发局已经撤销了，新成立了一个文物保护办公室，郭一凡现在是文物办的临时负责人。他仍然像以前一样忙碌，挨家挨户地上门宣传保护文物的重要性。

三美在检察院指定的地方住了一段时间，就回来了。回来后的三美直接去了日月洞。三美从日月镇上找了好多人，把日月洞装修得里外焕然一新，又在洞外的空地上盖了几间平房，把二狗和三顺子接了过去，三个人把日月洞搞得红红火火，就连晚上，都是灯火通明。从高速路上通过的车辆，都可以在此休息、吃饭。三顺子已经忙不过来，三美又雇了许多镇上的小姑娘做服务员。餐厅里再忙，二狗也不管，他整天泡在醋坊里，专门做醋，南来北往的人们吃完饭，走的时候都要在后备厢里放一桶醋，醋不收钱，凡是在此吃饭的过往行人按桌赠送。醋坊的招牌仍然是"大锁醋坊"。二狗累了，就走出醋坊，坐在洞前的石头上，一边抽着旱烟，一边看着山里发呆。常常是看着看着，就忘记了抽烟。等到想起来抽了，才发现烟丝早就灭了。二狗叹一口气，把旱烟嘴在鞋底一磕，佝偻着腰又进醋坊忙活去了。

二狗进了屋，三美就从屋角转出来，站在二狗刚刚坐过的石头边，抬头看着面前的群山。常常看着看着，脑子一阵恍惚，眼光就穿过层层山峦，落在大山深处的"日月寨"三个字上。

"日月寨"前的那块巨大的卧虎石还在，旁边却变成了田地，里面长满了新鲜的蔬菜。楼房后面的山坡上，也被重修出了几块梯田，上面长满了庄稼。两层楼的上空，香火萦绕，长年不断。楼里面住满了各路神仙，个个慈眉善目，笑口常开。

　　大锁比以前精神了许多，还没有立春，就穿一件薄薄的衬衣开垦土地，头上还不停地冒着热气。二丫在几个屋子中间穿梭，楼上楼下地打扫卫生。陆续有扛着锄头的农民从此路过，也不打招呼，径直走进屋里，从茶壶里倒出一碗茶，仰头喝了个底朝天，又从锅上的屉子里拿出一个热气腾腾的馒头，一边往外走，一边啃。走出屋子的时候，看见二丫在二楼上拖地，就用拿着馒头的手朝上摇一摇，喊一声，走了。二丫低头，笑嘻嘻地说一声，再来。就又忙活去了。

　　到了吃饭时间，二丫朝着山坡上喊一声，大锁哥，下来吃、还是我给你送上去？大锁用手在额头上一抹，泥土就占领了刚才汗水的地盘，大锁道，马上下来。二丫连忙打出一盆热水，放在门口的台阶上。又一趟一趟地把一盘盘野菜放在了卧虎石上。饭和菜刚放好，大锁已经洗完了脸，坐在了石头旁。二丫看一眼大锁，满脸的幸福和满足；大锁一边吃，一边看着二丫叮咛道，活儿永远也干不完，看你这满脸的汗，歇一歇。头顶，雾气腾腾，两个人吃一口饭、就一口菜，吞一口山里的空气，然后互相看一眼，你在我的瞳仁里，我在你的眼睛里。二楼的佛祖菩萨笑嘻嘻地看着两个人。两个人背对山路，看着眼前"日月寨"三个大字。

　　大锁哥，二丫说，黑娃叔回来了，会不会怪我们把"黑山寨"改成了"日月寨"？

　　不会，大锁说，他做错的事，我们都替他改正了。

真的不会？二丫把头凑在了大锁的眼前，她喜欢看自己在大锁眼睛里的样子。

大锁顺嘴在二丫的额头上亲了一口，二丫触电般躲开了。

怕别人看见？大锁笑着问。

二丫在大锁的胸前用拳头捣了一下，我是怕山外的三美看见。

两个人都回过头，目光向山外望去。

山谷里全是雾气，似纱，又似一道道屏障，阻挡住了目光。

二丫和大锁没有放弃，仍然向山外看着。

久久看着。

一直看着。

初稿于 2017 年 11 月 25 日

二稿于 2018 年 12 月 03 日

三稿于 2018 年 12 月 31 日

四稿修订于 2019 年 1 月 7 日

五稿修定于 2019 年 3 月 26 日

图书在版编目（CIP）数据

日月洞 / 宁可著. -- 北京：中国文史出版社，2019.11

（实力榜·中国当代作家长篇小说文库）

ISBN 978-7-5205-1527-6

Ⅰ．①日… Ⅱ．①宁… Ⅲ．①长篇小说－中国－当代 Ⅳ．①I247.5

中国版本图书馆 CIP 数据核字(2019)第 242817 号

责任编辑：全秋生

出版发行：中国文史出版社

地　　址：北京市海淀区西八里庄路 69 号　　邮编：100142

电　　话：010－81136602　　81136603　　81136606 （发行部）

传　　真：010－81136655

印　　装：北京温林源印刷有限公司

经　　销：全国新华书店

开　　本：787×1092　　1/16

印　　张：15.25　　字数：240 千字

版　　次：2020 年 1 月北京第 1 版

印　　次：2020 年 1 月第 1 次印刷

定　　价：49.80 元